가족으로 산다는 것

가족으로 산다는 것

김종윤 지음

자유지성사

당신이 있어 행복합니다.
당신은 내게 무엇보다 소중한 보물입니다.
당신도 나를 보물로 여겨주기에
나는 세상의 누구보다 값진 삶을 삽니다.

작가의 말

산에 갔습니다. 산에는 눈이 아주 많이 쌓여 있었습니다. 골짜기를 타고 흘러내리는 하얀 기운은 얼굴을 씻기고 마음까지 깨끗하게 씻겨주는 것만 같았습니다.

추운 겨울날 산에 간다고 하면 간혹 이런 말을 하는 사람이 있습니다.

"집 안에 있어도 덜덜 떨리는데 추운 산에 뭣 하러 갑니까?"

그럼 저는 이렇게 대답합니다.

"그렇지 않아요. 산에 가면 오히려 포근한 느낌이 드는걸요."

산 입구에 들어설 때면 살을 에는 듯한 차가운 바

람을 만나기도 하지만, 안으로 들어갈수록 그 차가운 바람은 따뜻한 기운으로 바뀝니다. 땀을 흘리며 걸어서 몸의 열기가 뜨거워진 이유만은 아닙니다. 바람 속에 숨어 있는 은밀한 기운은 얼굴을 어루만지고 서서히 가슴으로 파고들어 마음까지 훈훈하게 해주곤 합니다.

어쩌면 그 기운을 만나면 만날수록 가슴이 벅차오르고 행복해지는 것은, 이젠 잊어버렸지만 우리 모두 본능적으로 그리워하는 그 어떤 곳과 닮아서가 아닐까요? 어머니 자궁 속 같은 기운. 그 기운은 추운 겨울일수록 더 절실히 느낄 수 있습니다.

아득한 옛날의 이야기처럼 우리는 기억하지 못하지만 엄연히 우리가 존재했던 그곳의 기운과 산의 포근한 기운이 닮았기 때문에 산에 오르면 마음이 차분하게 가라앉는 느낌을 받을 것입니다.

"마고할미가 산을 따뜻하게 데우느라 군불을 지피고 있네."

누군가 산자락을 휘감고 도는 안개를 보고 감탄

을 했습니다. 모두들 아하, 고개를 끄덕였습니다.

어머니 자궁 속의 시절이 없었다면 세상에 태어날 수 없었듯, 가족이 없다면 우리는 삶의 진정한 행복을 맛보지 못합니다.

성공한 사람이라도 가족이라는 울타리가 없다면 참으로 적막하고 외로울 것입니다. 그런 사람을 행복한 사람이라고 할 수는 없습니다. 성공은 했을지 몰라도 행복을 모르고 산다면 가엾은 사람입니다.

그리고 사회적으로 성공하지는 못했어도 가족의 울타리가 굳건한 사람은 절대 외롭거나 쓸쓸하지 않을 것입니다. 항상 따뜻하게 격려해주는 가족이 옆에 있으니까요.

그래서 세상에서 가장 성공한 사람은 가정에 충실하면서 하고자 하는 일에 최선을 다해 목적에 다다른 사람이라고 해야 할 것입니다.

이 책의 내용은 실제로 있었던 이야기들입니다. 신문에 나온 작은 이야기, 또는 주변에서 들은 이야기 등을 모아서 상상력을 보태어 짧은 소설 형식으로 엮었습니다. 이 책 속에 등장하는 사람들은 부자도 아니고, 사회적으로 성공한 사람도 아닙니다. 그러나 가족을 소중하게 여기며 가정을 지킨 현명한 사람들입니다. 그러니까 이 책에 나오는 사람들이야말로 가장 성공한 사람들이 분명합니다. 아무리 힘들고 어려운 상황에 놓이더라도 가족이라는 울타리를 지키며 열심히 살아가기 때문입니다.

추운 날씨만큼이나 세상이 꽁꽁 얼어 있습니다. 그런데도 우리 가슴이 훈훈한 것은 축 처진 어깨를 다독여주는 가족이 곁에 있기 때문입니다. 산을 찾아온 사람에게 산이 어머니 자궁 속 같은 기운을 불어넣어 주듯이, 가족은 우리 삶을 포근히 안아주는 어머니 품속입니다.

겨울날 은행나무를 보면서

첫 번째 이야기

아들의 신고식

민우는 한 번도 나를 아빠라고 부르지 않았다.
자기 아빠 죽음과 나는 아무런 상관이 없다는 것을
모르진 않을 텐데도 나 때문에 제 아빠가 일찍 죽은 것처럼
억지를 부리기도 했다.
민경이를 귀여워하면서도 내가 나타나면
공연히 때리고 울렸다.
제 엄마가 아프기라도 할라치면 잠을 못 자고
안절부절 못하는 녀석이 막상 제 엄마를 보면
심술부터 부려댔다. 그런데 참 이상한 일이었다.
나는 그런 민우가 밉지 않았다.

"아빠, 뭘 그렇게 예쁘게 포장해?"

딸이 쪼르르 달려와 묻는다.

"으응, 오빠한테 보낼 거야."

"뭔데? 뭘 보내는데?"

욕심 많은 딸애는 끈질기게 물어댄다. 열 살이나 위인 오빠인데도 콩 한 개라도 자기가 더 가져야 직성이 풀릴 만큼 욕심이 많은 아이다. 아마도 제 엄마와 내가 오빠인 민우를 더 챙긴다고 생각해서일 것이다.

"며칠 후면 발렌타인 데이잖아. 그래서 우리 민경

이 이름으로 오빠한테 초콜릿 보내는 거야."

"아빠가 보내면서 왜 아빠 이름 안 쓰고 내 이름을 써?"

"글쎄……."

나는 딸애 질문에 대답하는 대신 잠바를 걸치고 서둘러 집을 나선다.

집에서 우체국까지는 먼 거리가 아니다. 우체국으로 가는 내내 콧노래가 절로 나왔다.

"우리 아들이 육군사관학교에 가입교해 있거든요. 며칠 후면 발렌타인 데이라서 초콜릿을 보내는 거예요."

나는 우편물을 접수하는 아가씨에게 자랑스럽게 설명했다. 그런데 아가씨가 대뜸 물었다.

"아드님이라면서 보내는 사람과 받는 사람 성도 다르고 보내는 사람도 여자 이름이네요."

아가씨는 무심코 내 아픈 데를 찔렀다.

"실은 우리 아들을 놀래키려고 여자 친구 이름으로 보내는 거예요."

나는 얼렁뚱땅 둘러대고 우체국을 나섰다.

내 이름으로 보낼 수도 있었다. 하지만 민우가 혹시라도 성이 다른 아버지 때문에 곤란한 일을 당할까 봐 염려스러웠던 것이다.

한참 동안 가슴이 두근거렸다. 우체국 아가씨의 말이 가슴에 걸려서는 아니었다. 그런 말씀은 수없이 들은 터라 아무렇지 않았다. 이유는 다른 데 있었다. 민우가 초콜릿을 받아들고 어떤 표정을 지을까, 그게 걱정스러웠다.

민우는 내 친아들이 아니다. 재혼한 아내가 데리고 온 아이이다. 그 애는 여덟 살 때 아버지를 잃었다.

내가 민우 엄마를 만난 것은 아내와 이혼한 뒤 일 년 만이었다. 내 집에서 파출부 일을 하던 민우 엄마가 내 병간호를 해준 적이 있었다. 지독한 감기 몸살로 끙끙 앓다가 깨어나 보니, 갈 시간이 지났는데도 민우 엄마가 남아 있었다.

"아픈 사람을 놔두고 갈 수가 있어야지요."

민우 엄마는 내가 깨어나면 먹을 수 있도록 죽을

쑤어놓고 기다리고 있었던 것이다.

일을 하러 올 때마다 아이를 데려오는 것이 퍽 미안했는데 이렇게라도 신세를 갚게 되어 기쁘다고 말하는 민우 엄마가 여간 고맙지 않았다.

그 뒤 우리는 어렵지 않게 재혼을 했다. 그리고 일년 후에는 딸 민경이를 낳았다. 모든 일이 순조롭게 풀렸지만 민우만은 예외였다.

여덟 살이면 아직 아빠의 죽음도 제대로 이해 못 할 나이였다. 새아빠가 당연히 미울 수밖에 없었을 것이다.

"왜 우리 아빠 자리를 뺏는 거야! 아저씨는 우리 아빠가 아니잖아!"

민우는 한 번도 나를 아빠라고 부르지 않았다. 자기 아빠 죽음과 나는 아무런 상관이 없다는 것을 모르진 않을 텐데도 나 때문에 제 아빠가 일찍 죽은 것처럼 억지를 부리기도 했다. 민경이를 귀여워하면서도 내가 나타나면 공연히 때리고 울렸다. 제 엄마가 아프기라도 할라치면 잠을 못 자고 안절부절 못

하는 녀석이 막상 제 엄마를 보면 심술부터 부려댔다. 그런데 참 이상한 일이었다. 나는 그런 민우가 밉지 않았다.

"녀석, 귀엽기는."

아무리 크게 속을 썩여도 그저 그 소리 한 번 하는 것이 전부였다. 그렇게 행동하는 민우가 안쓰러울 뿐이었다.

나는 아내에게 한 가지 당부했다.

"민우가 아무리 나한테 투정 부리고 심술을 부려도 야단치지 말아요. 야단을 치면 그 애는 나를 더 미워할 거요. 당신 말대로 세월이 흐르면 나아질 테니까 하루라도 빨리 우리 관계가 좋아지게 하려면 나한테 그냥 맡겨요. 간섭하지 말고."

아내는 내 말을 잘 이해했다. 민우가 아무리 심술을 부려도 못 본 척했다. 그리고 나중에 내 손을 잡으며 "미안해요. 그리고 고맙고요." 하며 눈시울을 적시고는 했다.

아내가 식당을 차린 뒤, 민우의 투정은 이만저만

이 아니었다. 내 사업이 잘 되지 않자 아이들 학비라도 번다면서 시작한 식당이었다. 그런데 민우는 그게 못마땅한 모양이었다.

"왜 엄마가 고생해? 저 아저씨더러 돈벌어 오라고 해. 엄마가 이 집 식모살이 하는 것도 모자라서 이제는 돈까지 벌어야 해?"

"우리 따로 나가서 살면 되잖아. 왜 엄마가 돈벌어서 저 아저씨 좋은 일 시키는데!"

그렇듯 나를 마귀만큼이나 미워하는 민우를 차에 태우고 3년 동안 통학을 시켰다.

민우가 다니는 고등학교는 꽤 먼 거리에 있었다. 멀어서 차로 태워다 줄 수밖에 없기도 했지만, 차를 함께 타고 다니면 정이 쌓일 거라고 여겼다.

"나는 아들 좋다는 생각을 별로 안 했는데, 아들이 다 크니까 한 가지 든든한 점이 있어. 그게 뭐냐면 같이 목욕탕에 가는 거야. 아들 녀석 등짝을 때수건으로 쓱쓱 밀어주고, 아들 녀석이 내 등짝을 쓱쓱 밀어줄 때면 세상에서 내가 제일 큰 부자 같다니까. 세상이 모두 내 것 같아."

한 친구에게 그런 말을 들은 뒤 나도 언젠가는 민우를 데리고 목욕탕에 갈지 모른다는 기대를 하게 되었다. 그러려면 정이 쌓여야 할 것 같았다. 그러니까 단순하게도 나는 민우와 함께 목욕탕에 가서 서로 때를 밀어줄 날을 기대하면서 3년 간 통학을 시킨 셈이었다.

처음에 민우는 내 차를 발로 걷어차며 절대 타지 않겠다고 버텼다. 그렇지만 하루도 빠짐없이 학교 갈 시간에 차를 대고, 수업이 끝날 시간이면 학교 정문 앞에서 민우를 기다렸다. 비가 오나 눈이 오나 변함이 없었다.

처음에는 죽어도 내 차를 안 탄다고 버티던 녀석이 그래도 아쉬웠던지 슬그머니 차에 올랐던 날을 나는 아직도 기억한다.

"그렇게 간절한 소원이면 들어드리죠. 죽은 사람 소원도 들어준다는데. 학교 늦어요. 얼른 가요."

그렇게 말하고는 차에 오른 뒤 문짝이 부서져라

꽝 닫았다.

"고맙구나. 나는 죽을 때 아무 소원도 말하지 않으마. 벌써 네가 들어줬으니."

나는 그렇게 말하고는 속으로 '짜식, 귀엽기는.' 하고 중얼거렸다. 진작 그럴 것이지…….

어쨌든 기뻤다. 민우가 아주 조금이나마 제 옆자리를 내게 내주었으니 말이다.

나는 민우가 듣거나 말거나 학교를 오고 가며 같은 말을 되풀이했다.

"네가 잘 되어야 한다. 그래야 엄마가 행복해 하셔. 네가 잘 되면 돌아가신 아버지도 너를 자랑스러워하실 거야."

민우는 그 말에 아무런 토도 달지 않았다. 떠들거나 말거나 상관없다는 뜻이었는지, 아니면 제 아버지를 인정하는 것이 고마웠는지, 묵묵히 듣기만 했다. 나는 그런 민우가 좋았다.

고맙게도 민우는 공부를 썩 잘해 주었고, 육군사관학교를 지원해 합격했다.

친구들은 민우의 육군사관학교 합격을 모두 축하해 주었다.

"네가 훌륭한 아버지라는 것을 입증해 보였구나. 정말 대단해!"

"나중에 네 아들이 스타가 되면 너는 스타 아버지가 되는 거냐? 아이고, 부러워라."

"우리 사돈 맺자. 우리 딸 아주 잘 키워 놓을 테니까 네 아들 우리 사위로 삼자."

친구들은 너나 할 것 없이 한턱을 내라고 졸라댔고, 나는 아들 합격 축하 턱을 톡톡히 냈다. 어찌나 기쁘고 행복하던지…….

하지만 솔직히 마음 한 켠이 아렸다. 마치 추운 겨울날, 잠바 하나 걸치지 않고 밖에 홀로 서 있는 그런 기분까지 들었다.

"나와 한 집에서 사는 것이 싫어서 멀리 가는 모양이오."

나는 아내한테 그런 말을 털어놓고 말았다. 서운해서는 아니었다. 그냥 그 애가 가여웠다. 어린 나이에 아버지 자리를 낯선 남자에게 빼앗겼다고 생각하면서 하루빨리 어른이 되어 집을 떠나고 싶었을지도 모른다.

그렇지만 민우가 떠난 뒤, 나는 날짜를 세어가며 발렌타인 데이를 기다렸다. 민우가 좋아하는 초콜릿을 잔뜩 사서 보내주고 싶다는 희망에 부풀어서 말이다.

발렌타인 데이가 지난 며칠 뒤, 드디어 육군사관학교의 입학식날이 되었다.

나는 아침 일찍 잠에서 깨어나 차를 깨끗이 손질했다. 그리고 가장 근사한 옷을 골라 입었다.

"꼭 선 보러 가는 사람 같아요. 왜 그렇게 서둘러요?"

아내는 철부지 아이처럼 서두르는 나를 놀렸다.

"당신은 설레지 않아? 이럴 때는 꼭 당신이 계모 같고, 내가 민우 친아버지 같다니까."

내 말에 아내는 어이없는 표정을 지었다. 그렇지

만 눈가에 설핏 물기가 어렸다.

입학식장은 정말 붐볐다. 나는 사관 생도 중에서 민우를 찾으려고 무던히 노력했다.

"비슷비슷한 키에 옷도 똑같고 모습도 거의 똑같은데 어떻게 민우를 찾아요?"

아내가 나무랐지만 내 생각은 달랐다. 저 수많은 생도 중에서 우리 민우가 가장 씩씩하고 늠름할 것 같았다. 그러니까 내 눈에 가장 씩씩하고 늠름한 생도가 보인다면, 그 애가 바로 내 아들 민우일 것이 분명했다.

입학식 내내 발이 시렸지만 마음은 천하를 얻은 것만큼이나 든든했다. 운동장을 울리는 우렁찬 생도들의 목소리가 내 가슴을 쩌렁쩌렁 울렸다.

입학식이 끝나고, 생도들과 가족들이 만나는 시간이 되었다. 역시 내 생각대로 민우는 씩씩하고 늠름한 청년이 되어 있었다. 못 본 사이에 키도 훌쩍 크고 훨씬 어른이 된 것 같았다.

민우가 달려오자 철없게도 아내보다 내 발이 먼

저 앞으로 나갔다. 하지만 민우는 달려와서 제 엄마부터 꼭 안았다.

"정말 멋지구나."

아내는 민우 얼굴을 쓰다듬으며 눈시울을 적셨다. 민우 눈도 붉어졌다.

민우가 내게로 얼굴을 돌렸다. 그리고 내 앞으로 뚜벅뚜벅 다가왔다. 그런 뒤에 나를 향해 거수경례를 했다.

"오늘 부로 박민우는 사관 생도가 되었습니다. 이에 신고합니다!"

민우는 그렇게 말한 뒤에 다시 덧붙였다.

"아버지……."

나는 얼어붙은 듯이 민우를 보았다. 12년 만에 처음 들어보는 말이었다.

아버지…….

나는 무슨 말인가 해주고 싶었다. 하지만 아무 말도 할 수가 없었다. 목울대를 아주 무거운 것이 누르고 있는 것처럼 말이 나오질 않았다. 민우가 나를 가만히 안았다.

"고맙습니다, 아버지. 아버지는 훌륭한 분이세요. 이 은혜 잊지 않겠습니다."

나는 민우의 등짝을 가만가만 다독여 주었다.

"고맙다, 고마워. 내 아들아……."

사람에게 가장 소중한 것은 무엇일까요? 사랑과 행복이 아닐까요? 그렇다면 내가 먼저 가까운 사람에게 다가가야 합니다. 그 사람이 설령 내 마음을 아프게 했어도 지켜야 되고, 꼭 지키고 싶은 사람이라면 포근한 마음으로 다가가야 합니다. 그러면 그 사람도 언젠가는 마음 한 조각을 기꺼이 나눠줄 것입니다.

두 번째 이야기

참기름 사랑

"제발 우리 아들 목숨만 살려주세요. 이렇게 빕니다.
이렇게 빕니다."
할머니는 김 박사 앞에서 잘못한 사람처럼
두 손을 빌었다. 옹이 진 손바닥,
햇볕에 그을린 검은 얼굴, 깊게 골이 패인 주름살…….
"멀쩡한 아들 먼저 보내면 그 에미가 죄인입니다.
제발 살려주세요."
할머니는 너무도 간절하게 매달렸다.
조직검사를 했는데 다행히도
그 할머니와 아들의 조직이 일치했다.
할머니의 신장 한쪽을 아들에게 이식하는 수술을 했고,
수술은 대성공이었다.

"요즘 가을걷이 할 때 아닌가?"

김 박사는 외출 준비를 하다 말고 김 간호사에게 물었다.

"지금 한참 고구마 캐고 참깨도 털 때죠. 그런데 왜요?"

김 간호사는 의아한 표정으로 김 박사를 보았다.

"올해도 오실까?"

김 박사는 혼자 중얼거리며 유리창 너머를 기웃거렸다. 병원 마당으로 지팡이를 짚은 할머니가 걸어가는 것이 보였다. 혹시 하는 마음으로 유리창에 바짝 붙어 서서 할머니를 살폈지만 김 박사가 기다리는 할머니는 아니었다.

요즘 들어 김 박사는 병원 마당을 살피는 일이 부쩍 잦아졌다. 아니, 가을이 시작되면서부터 생긴 버릇이었다. 작년에도 그랬고, 재작년에도 그랬다. 자리를 비운 사이에 할머니가 다녀가면 어쩌나, 외출했다가도 서둘러 돌아오고는 했다.

김 박사의 환자였던 그 할머니 외아들은 20대에 만성 신부전증을 앓았다. 아들은 신장이식이 필요한 상태였다.

"제발 우리 아들 목숨만 살려주세요. 이렇게 빕니다. 이렇게 빕니다."

할머니는 김 박사 앞에서 잘못한 사람처럼 두 손을 빌었다.

옹이 진 손바닥, 햇볕에 그을린 검은 얼굴, 깊게 골이 패인 주름살…….

"멀쩡한 아들 먼저 보내면 그 에미가 죄인입니다. 제발 살려주세요."

할머니는 너무도 간절하게 매달렸다.

조직검사를 했는데 다행히도 그 할머니와 아들의 조직이 일치했다. 할머니의 신장 한쪽을 아들에게 이식하는 수술을 했고, 수술은 대성공이었다.

벌써 10년 전의 일이었다.

그 후 1년이 지난 뒤, 할머니가 조심스럽게 김 박사 진료실을 찾아왔다. 혹시라도 김 박사가 자신을 못 알아볼까 봐 한참 동안 머뭇거렸다.

"아드님은 건강하지요? 요즘은 어떻게 지내세요?"

김 박사가 먼저 아는 척을 하자 그때서야 할머니는 환한 웃음을 지었다.

"우리 애는 아주 건강해졌어요. 지금 홍천에서 함께 농사를 짓고 있답니다. 이건 우리 아들하고 내가 농사지은 거예요."

할머니는 들고 온 보따리를 부끄러워하며 풀었다. 참기름 한 병과 참깨 두어 되가 들어 있었다. 신문지로 병 입구를 꼭꼭 틀어막은 참기름 병에서는 고소한 냄새가 솔솔 풍겼다.

그 다음해는 할머니를 만나지 못했다. 할머니가 두고 간 참기름 병이 책상에 놓여 있을 뿐이었다. 김 박사가 해외에 나가 있는 사이에 할머니가 다녀갔기 때문이다.

그 다음해에도 만나지 못했다.

할머니를 다시 만난 것은 3년이 지난 늦가을 어느 날이었다. 그날도 할머니는 참기름 한 병과 참깨 두어 되를 보따리에 싸들고 찾아왔다.

"우리 아들이 약혼을 했어요. 참한 색시인데 우리 아들한테 아주 잘해요."

할머니는 정말 행복한 표정이었다. 마치 그 소식을 전해주기 위해 그 먼 곳에서 이곳까지 찾아온 사람 같았다.

"내년에도 또 오시겠어요? 오셔서 아드님 소식을 전해 주세요."

김 박사의 말에 할머니는 활짝 웃으며 몹시 기뻐했다.

"그러다마다요. 우리 아들을 낳은 사람은 저지만, 선생님은 우리 아들을 살려준 생명의 은인이세요. 당연히 알려드려야지요."

할머니는 내년에도 꼭 오겠다고 약속을 하고는 자리를 떴다.

그 다음해에도 할머니는 어김없이 김 박사를 찾아왔다.

"우리 아들이 결혼을 했어요. 둘이 살면 편할 테니까 따로 살라고 해도 부득부득 에미하고 같이 살자네요."

할머니는 정말 행복해 보였다. 김 박사도 따뜻한 난로 앞에 앉은 것처럼 마음이 훈훈했다.

다음해, 다시 김 박사를 찾아온 할머니는 손주를 봤다며 눈물을 글썽였다.

"2대 독자인 아들이 대를 이었어요."

김 박사도 진심으로 할머니를 축하해 주었다.

해가 바뀌고 가을이 다가오면, 김 박사는 세상에서 가장 소중한 사람을 기다리는 것처럼 할머니를 기다리고는 했다.

똑똑똑.

조심스럽게 문 두드리는 소리가 들려왔다. 김박사는 직감적으로 할머니라는 생각이 들었다.

그러나 문을 열었을 때, 김 박사 눈에 보인 사람은 할머니가 아니라 아들이었다. 아기를 업은 여인도 그 옆에 서 있었다.

"저를 알아보시겠습니까?"

아들이 조심스럽게 물었다. 김박사는 대답 대신에 고개만 끄덕였다. 할머니한테 무슨 일이 생긴 것이 분명했다.

"어머니께서 이제는 오실 수가 없어서 대신 제가 왔습니다."

김 박사와 마주앉은 남자가 입을 열었다.

"실은……."

남자는 말꼬리를 흐렸다. 그리고 잠깐 틈을 두었다가 힘겹게 입을 열었다.

"어머니께서 얼마 전에 돌아가셨습니다."

김 박사는 아무 말도 할 수 없었다. 그냥 가만히 고개만 끄덕였다.

"오늘이 사십구제입니다. 어머니께서 해마다 이맘때쯤 박사님을 찾아가신다는 것을 알고 있었습니다. 남에게 맡기지 않고 당신 손수 가꾼 참깨를 털어 참기름을 짜실 때까지 온갖 정성을 다 쏟으셨습니다. 저는 모른 척했습니다. 아들자식 목숨 구해준 것이 고마워서 그러시는데 그저 죄송할 따름이었습니다. 어머니께서 눈을 감으시기 전에 유언으로 제게 이것을 부탁했습니다."

아들은 가방 속에서 참기름 병 하나와 참깨 두어 되가 든 봉투를 꺼냈다. 항상 그랬듯이 신문지로 병 입구를 틀어막았지만 고소한 냄새가 풍겼다.

"이제부터는 제가 해마다 박사님을 찾아뵙겠습니다. 어머니가 그러셨던 것처럼요."

김 박사는 그러지 말라고, 안 그래도 된다는 말을 할 수가 없었다. 참기름 때문이 아니었다. 일년에 한 번씩, 할머니를 기다렸던 그 마음을 잃고 싶지가 않아서였다. 할머니를 기다렸던 그 마음으로 이제는 참기름 병을 들고 나타나는 아들 모습을 보고 싶었다.

"어머니 넋이 떠나시기 전에 박사님께 참기름을 갖다주는 걸 보고 싶어하실까 봐 왔습니다."

아들은 그렇게 말하고 몸을 일으켰다.

김 박사는 미리 준비해 두었던 큼직한 봉투를 아들 손에 쥐어주었다.

"할머니가 오시면 드리려고 사놓은 스웨터입니다. 좀더 빨리 드렸으면 좋았을 것을……."

"고맙습니다. 어머니께서 아주 따뜻한 옷을 입고 떠나실 것 같습니다."

아들은 거듭거듭 고맙다고 인사하고는 진료실을 나섰다.

"안녕히 가십시오."

김 박사는 멀어지는 세 사람 뒤에서 작은 소리로 중얼거렸다. 아들 가족에게 보내는 인사만은 아니었다. 떠나간 할머니에 대한 마지막 인사였다.

"그 동안 저를 행복하게 해주셔서 고맙습니다."

그렇게 중얼거리는 김 박사의 눈가에 촉촉하게 이슬이 맺혔다.

아버지를 존경하지 않는 것은 혹 경우에 따라서 용서될 수 있지만, 어머니에게도 그렇다면 그 자식은 세상에 결코 살아 있을 가치가 없는 못된 괴물이라고 했습니다. 어머니의 행복은 아주 단순합니다. 자식에게 따뜻한 밥을 먹이고, 깨끗한 옷을 입히며, 따뜻한 잠자리를 들 수 있게 하는 것, 그것만으로도 충분히 행복하다고 느끼는 사람이 어머니입니다.

세 번째 이야기

가장 싼 값으로 산 아들

아들이 와락 김씨를 껴안았다.
"아버지…… 존경해요."
아들은 울먹이는 소리로 말했다.
"뭐가 존경스럽냐?
이런 초라한 모습을 보여준 내가 미안하구나.
그래도 그렇게 말해 줘서 고맙다."
김씨는 아들 등을 토닥거려 주었다.
"이런 모습을 당당하게 보여주셔서
고맙습니다.
아버지는 정말 멋진 분이세요."
아들은 애써 눈물을 삼키며 밝게 말했다.

아침 바람이 차가웠다. 잠바를 단단히 여몄어도 차가운 바람은 가슴팍으로 파고들었다.

"날씨가 추운데, 오늘 같은 날 누가 세차를 하겠어요?"

아내가 도시락을 건네주며 걱정스러운 표정을 지었다. 그러나 김씨는 아직 건강이 온전치 못한 아내가 더 걱정이었다. 날씨가 추워지자 아내는 더 기운을 못 차렸다.

"어제 진눈깨비가 내려서 차들이 많이 더러워졌을 거야. 오늘 같은 날일수록 손님이 많아. 돈 많이 벌어 올게."

김씨는 애써 밝은 소리로 말했다.

김씨의 사업 실패는 아내에게 중병을 안겨주었다. 친구와 동업으로 운영했던 회사가 친구의 계략으로 남의 손에 넘어간 뒤, 김씨도 어쩔 수 없이 도피 생활을 해야만 했다. 도망치듯 중국으로 나가 일 년 동안 집을 비우고 있을 때까지는 아내도 잘 견뎌냈다. 그렇지만 김씨가 한국으로 돌아와 빚 청산을 하느라 재산을 모두 날린 뒤, 아내는 뇌졸중으로 쓰러졌다.

김씨와 아내에게 남은 것은 아직 덜 갚은 빚과 외아들이 전부였다. 중국으로 도피해 있던 김씨가 한국으로 돌아온 것도 아들 때문이었다. 몇 년만 도피해 있으면 재산은 지킬 수 있었다. 채무자들에 대한 도덕적이고 윤리적인 책임만 두 눈 질끈 감고 나 몰라라 하면 얼마든지 가능한 일이었다.

"내 나이가 벌써 쉰이야. 이번에 재산 다 날리면 나는 끝장이라고!"

김씨는 반드시 재산을 지켜야 한다고 생각했다.

한 달에 한 번, 두 달에 한 번 전화를 하면 항상 아들이 받았다. 아내는 가족을 버린 채 도피 생활을 하고 있는 남편이 야속해 전화조차 받지 않았다.

"여기는 별 일 없어요. 아버지는 어떠세요?"

아들은 항상 그렇게 묻고는 했다. 그런데 어느 순간 아들의 그 물음이 김씨에게 큰 갈등을 안겨주었다. 하나밖에 없는 아들이었다. 그 아들이 아버지에게 언제까지 도망자 신세로 살 거냐고 묻고 있었던 것이다.

"우리 아들도 머잖아 어른이 되는데, 무슨 일이 생겼을 때 책임지려고 들지 말고 무책임하게 살라고 가르치고 있어. 내가 아들 놈한테 큰 잘못을 저지르고 있는 거야."

김씨는 오랜만에 통화가 된 아내에게 한국으로 돌아가겠다고 말했다. 아내는 반대도, 승낙도 하지 않았다.

김씨는 돌아와 빚 청산을 했고, 사글세 방으로 옮

긴 뒤 아내가 쓰러졌다.

아내 건강이야 조금씩 나아졌지만 처한 환경은 예전과 너무도 달라져 있었다. 이제는 중소기업 사장이 아니라 작은 세차장을 경영하는 처지였다. 김씨는 아침이면 운전수가 딸린 자가용을 타고 회사에 출근했던 예전과 달리 도시락을 가방에 넣고 버스를 타고 세차장으로 향했다. 거래처 사람들과 룸살롱에서 흥청망청 술을 마시며 밤을 보내는 대신, 아내가 차려준 소박한 반찬에 소줏잔을 기울이고 일찌감치 잠자리에 들었다.

그러나 변하지 않은 것이 하나 있었다. 아들이었다. 아들은 잘살 때의 버릇을 하나도 버리지 않았다. 여전히 하루에도 세 번 이상 옷을 갈아입고, 저녁 늦게까지 컴퓨터 게임을 하거나 친구들과 어울리다가 해가 중천에 떠서야 부스스 일어났다. 그렇지만 김씨는 아들에게 잔소리 한 번 하지 않았다. 김씨는 항상 어느 회사의 회장 말을 기억했다. 그 회장은 허름한 중형 차를 몰고 다녔지만 사장인 아들은 고급 승용차를 몰고 다녔다.

"애비 잘 둬서 어린 나이에 사장되고 좋은 차 끌고 다니는 것은 그놈 복이고, 나는 가난한 아버지 만나 뼈가 빠지게 고생해서 돈을 벌어야 했으니까 그건 내 복이지."

김씨 생각도 그랬다. 하루에 세 번 옷을 갈아입으며 사치스럽게 살 수 있는 것은 아들 복이라고.

예전에는 아들이 복이 많아 부자 아버지를 두었지만 지금은 아니었다. 이제 아들은 복이 없어 가난한 아버지를 둔 것이다.

예전에는 부자 아버지 때문에 사치스럽게 살아도 된다고 생각했다면, 언젠가는 가난한 아버지 때문에 궁핍하게 살아야 된다는 것도 깨닫는 날이 반드시 올 것이다. 김씨는 그렇게 믿었다.

아내가 건네준 도시락을 들고 현관을 나서는데, 아들이 얼굴을 내밀었다.

"안녕히 다녀오세요."

아들은 어젯밤에도 늦게까지 게임을 했는지 피곤

한 얼굴이다.

"돈 좀 벌게 해주세요."

"그럼 세차장에서 아르바이트 할래?"

"얼마 주실 건데요?"

아들은 내키지 않은 표정으로 물었다.

"알아서 줄 테니까 일하려거든 세차장으로 와라. 세차장이 어디 있는지는 알지?"

김씨는 아들이 세차장에 나타날 거라고 여겼다. 일을 하건 안 하건 돈이 필요할 테니까 말이다.

회사를 경영할 때 김씨 도움을 받았던 젊은 친구가 있었다. 회사 차가 여러 대였는데, 자동차 수리점을 하는 그 젊은이에게 정기적으로 차 수리를 맡겼다. 워낙 부지런한 사람이어서 불과 몇 년 사이에 주유소를 차릴 수 있었다.

중국에 있다가 한국으로 돌아와 대리 운전으로 간신히 입에 풀칠이나 하며 살고 있던 김씨를 도와준 것도 그 젊은 친구였다. 그 친구는 주유소 옆에 세차장 하나를 차려주겠다고 했다.

"사장님 도움을 많이 받았는데, 은혜를 갚아야지요. 제가 돕겠습니다."

덕분에 김씨는 세차장에서 번 돈으로 아내 약값이며 월세, 생활비를 해결할 수 있었다.

세차장에 도착한 김씨는 우선 두툼한 잠바부터 갈아입었다. 까만 장화를 신고 고무장갑을 손에 낀 뒤 청소부터 시작했다. 직원을 둘 형편이 아니어서 혼자서 세차장을 운영하려면 하루 종일 바쁘게 움직여야 했다.

처음에는 서툴러서 긴 장화를 신고 고무 장갑을 끼어도 세차 한 번만 하고 나면 온몸이 물강아지가 되었지만 이제는 제법 익숙해졌다.

예상대로 세차하려는 차가 많았다. 허리 한 번 못 펴고 다섯 대의 차를 세차했다. 간신히 담배 한 개피를 피워 물려는데 고급 승용차 한 대가 세차장으로 들어섰다. 예전에 김씨가 굴리던 차와 같은 기종이었다.

"깨끗하게 닦아주세요. 한 시간 후에 올게요."

"예, 예, 알겠습니다. 한 시간 안에 깨끗하게 세차해 놓겠습니다."

김씨는 세차장을 빠져 나가는 여자 뒤에 대고 꾸벅 허리를 굽혔다. 그러다 깜짝 놀랐다. 아들이 세차장 입구에 서 있었다. 오래 그 자리에 서 있었던 모양이었다.

"언제 왔냐? 왔으면 왔다고 해야지."

김씨는 아들이 반가워서 큰소리로 말했다. 카키색 점퍼를 걸쳐 입은 아들 모습은 나무랄 데 없이 근사했다.

"아르바이트 할래? 돈은 하는 것 봐서 주마."

김씨는 들고 있던 빗자루를 아들에게 던져주었다. 아들은 빗자루를 놓치지 않고 받았다.

"잠깐만요. 옷 좀 갈아입고요. 이 옷 입고 일할 수는 없잖아요."

아들은 김씨 눈을 피하며 말했다.

"사무실에 작업복하고 장화 있다. 장갑도 있으니까 끼고 나와라."

아들은 사무실로 가지 않고 고개를 푹 숙인 채 화장실로 들어갔다. 김씨는 화장실로 들어가는 아들을 말없이 바라보았다. 금방이라도 울 것 같은 표정을 하고 있었기 때문이다.

화장실로 들어간 아들은 한 시간이 넘도록 나오지 않았다. 김씨도 아들을 부르지 않았다. 김씨가 세차를 끝낼 무렵, 아들은 퉁퉁 부은 눈을 하고 화장실에서 나왔다.

김씨는 아무것도 묻지 않았다. 아들도 아무 말 하지 않았다. 아들은 사무실로 들어가 옷을 갈아입고, 장화를 신고 장갑을 끼고 나왔다.

"너는 뭘 입어도 근사하구나."

김씨는 아들의 어깨를 두들겼다. 그러자 아들이 와락 김씨를 껴안았다.

"아버지…… 존경해요."

아들은 울먹이는 소리로 말했다.

"뭐가 존경스럽나? 이런 초라한 모습을 보여준 내가 미안하구나. 그래도 그렇게 말해 줘서 정말 고맙다."

김씨는 아들 등을 토닥거려 주었다.

"이런 모습을 당당하게 보여주셔서 고맙습니다. 아버지는 정말 멋진 분이세요."

아들은 애써 눈물을 삼키며 밝게 말했다.

초라한 아버지를 초라하게 여기지 않는 아들이 고마웠다. 그리고 자식을 믿은 애비의 믿음을 저버리지 않아서 고마웠다. 이런 날이 찾아와 준 것도 고마웠다.

"나는 세상에서 위대한 거래 한 가지를 성사시켰다. 아무도 흉내낼 수 없는 아주 큰 사업이다."

김씨는 아들 어깨에 손을 얹고 말했다.

"꼭 갚아야 하는 빚이었지만 몇 억 재산을 미련 없이 버린 것은 그 돈으로 내 아들을 살 수 있다는 믿음 때문이었다. 재산을 지키면 내 아들을 살 수 없다고 여겼다."

아들은 아무 말 하지 않았다.

"그러니까 나는 참 싼 값으로 우리 아들을 산 셈

이다."

"아버지가 몇 억으로 사들인 아들이 얼마나 싼 값이었는지 반드시 보여드리겠어요."

아들은 목도리를 풀어 김씨 목에 둘러주며 씩씩하게 말했다.,

"우리 아들 체온이 남아 있어서 그런가? 목도리가 참 따뜻하구나."

김씨는 아들의 작업복 지퍼를 올려주며 밝게 웃었다.

사랑하는 것과 사랑받는 것, 그 보다 더한 행복이란 있을 수 없습니다. 사람에게 가장 큰 비극은 무엇일까요? 그것은 사랑이 없는 공간에서 혼자 외롭게 떠도는 것입니다. 가족의 사랑이란 특히 깊고 아름답습니다. 어떤 아픔도 가족의 사랑으로 치유되지 않는 것은 없기 때문입니다

네 번째 이야기

마법을 부린 아내

아버지는 돌아다니며 아들 내외의 새 살림을 살폈다.
광이며 마당, 부엌, 여기저기 온갖 것들을
다 늘어놓고 사는 시골 살림에 비해
단정하기 그지없는 서울 살림이 새롭기만 했던지
아버지는 연신 고개를 끄덕였다.
하지만 표정이 밝질 않았다. 뭔가 찾는 눈치였다.
저녁을 먹은 뒤였다.
아버지가 말없이 밖으로 나갔다.
그리고 다시 들어온 아버지 손에는 아까 내다버린
책상이 들려 있었다.
그 사이 비가 왔는지, 아버지도 책상도 다 젖은 모습이었다.

"이것도 버리죠?"

아내가 물어왔다. 나는 책을 상자에 넣으며 아내를 돌아다 보았다. 아내 손에는 털실로 짠 목도리가 들려 있었다. 대학 다닐 때 여자 친구가 선물한 목도리였다.

"응, 버려. 그 낡은 것이 왜 아직도 남아 있었지?"

"손 뜨개질이네. 정성깨나 들였겠는걸."

나는 혼자 뜨끔했다.

지금은 얼굴도 아물아물한 여인이 되었지만, 사랑하는 여자가 짠 목도리를 지니고 있다는 것만으로도 한겨울이 따뜻했던 시절이 있었다. 아내를 만난 뒤에도 몇 번 목에 감고 데이트를 하기도 했지만 어느새 그녀의 흔적은 마음속에서 지워진 뒤였다.

"이것도 버려야겠네."

아내는 서랍 속에서 끄집어낸 온갖 잡동사니들을 한쪽으로 밀어냈다. 옷 서랍, 책상 서랍, 장식장 서랍……. 서랍마다 옛날 흔적들이 가득 들어 있었다. 어떤 물건은 아깝지만 그렇다고 지니고 있을 이유가 없었고, 어떤 물건은 지금은 쓸모없지만 나중에 필요하면 어떻게 하나, 걱정되기도 했다. 또 어떤 물건은 그게 아직도 남아 있었나, 의아스러웠다.

나중에 아내는 버려도 되느냐고 묻지도 않고 물건을 버리기 시작했다. 신혼여행을 다녀와서 하루 날 잡아 내 물건을 챙겨 오자던 아내 말을 이제 이해할 수 있었다. 아내는 신접살림으로 먼저 아파트를 정리한 뒤에 허섭스레기 같은 내 물건을 간추려 들여갈 작정이었던 것이다.

책을 거의 다 싸고 몸을 돌리려던 나는 우뚝 그

자리에 멈춰서고 말았다. 아내가 버리려고 밀어놓은 잡동사니 사이로 멀뚱하게 놓여 있는 물건 하나, 앉은뱅이 책상이었다. 귀퉁이가 다 낡고 여기저기 흠투성이였지만 네 다리만은 아직도 멀쩡한 책상이었다.

다른 물건들은 모두 버려도 그 책상만은 버려서는 안 될 것 같았다. 나는 아내 몰래 그 책상을 재빨리 챙겨서 차에 실었다. 그리고 다른 물건들로 책상을 가렸다.

내가 고등학교를 졸업하고 서울로 유학 온 뒤, 아버지는 모처럼 서울 나들이를 했다. 자취방으로 찾아온 아버지 등에는 네모난 책상 하나가 매달려 있었다.

"나무 베다 대패질하고 니스 칠하고, 닷새 걸려서 만들었다. 밥도 먹고 공부도 할 수 있고, 요긴하게 쓰일 게다."

아버지는 아들 대학 입학 선물로 들고 온 책상을 방안에 내려놓고 정성껏 닦았다. 가구점에서 산 책상에 비하면 볼품없지만 그래도 꽤 튼튼한 책상이었다. 아버지 말대로 그 책상은 밥상 노릇, 책상 노릇을 톡톡히 하면서 오랜 세월 내 곁을 지켰다.

아무리 그렇더라도 새 살림 속에 이 낡은 책상을 갖다 놓자는 말이 선뜻 나오지 않았다. 그래도 집에 갖다 놓으면 아내인들 어쩌겠는가, 그런 생각이 들었을 뿐이다.

"어머, 이 책상이 어떻게 따라왔지?"

아파트로 돌아온 뒤, 물건 속에서 낡은 책상을 발견한 아내는 눈을 휘둥그레 떴다.

"내가 워낙 오래 썼던 물건이라 버리기가 정말 아까웠어."

"오래 썼다고 끼고 다녀? 이딴 걸 어디에 쓸 거야? 쓸데가 한 군데도 없잖아."

"실은 아버지가 손수 만든 책상이라서……."

"집도 좁은데, 그렇다고 쓸데가 있는 것도 아니잖아. 미련 없이 버릴 줄도 알아야 해."

나는 더 이상 고집을 피울 수가 없었다. 아내 말

대로 쓸모가 한 가지도 없는 책상이었다. 결국 아내는 책상을 밖의 쓰레기장에 내놓았다.

대강 짐을 다 정리할 무렵, 현관 벨이 울렸다.

"어, 아버지?"

놀랍게도 문 밖에는 아버지가 서 있었다.

"그렇지 않아도 이번 일요일에 내려가서 어머님하고 아버님 모시고 올라오려던 참이었는데요."

나보다 아내가 더 놀란 모양이었다.

"서울 올 일이 있어서 잠깐 들렀다. 내일 아침까지만 신세 지자. 벌써 짐을 다 정리한 모양이구나."

아버지는 돌아다니며 아들 내외의 새 살림을 살폈다. 광이며 마당, 부엌, 여기저기 온갖 것들을 다 늘어놓고 사는 시골 살림에 비해 단정하기 그지없는 서울 살림이 새롭기만 했던지 아버지는 연신 고개를 끄덕였다. 하지만 표정이 밝질 않았다. 뭔가 찾는 눈치였다.

저녁을 먹은 뒤였다. 아버지가 말없이 밖으로 나갔다. 그리고 다시 들어온 아버지 손에는 아까 내다

버린 책상이 들려 있었다. 그 사이 비가 왔는지, 아버지도 책상도 다 젖은 모습이었다.

"시골로 갖고 갈란다. 시골에서는 쓸데가 많아. 감자 푸대를 여기다 올려 놓으면 썩지도 않고 아주 좋을 게고."

나는 큰 불효를 저지른 것만 같아 얼굴이 다 화끈거렸다. 아버지는 괜찮다는 눈짓을 보내고 방으로 책상을 갖고 들어갔다. 아내도 아버지와 내 눈치를 살폈다.

하루 종일 짐을 옮기느라 몹시 피곤했던가 보다. 아버지와 몇 마디 나눌 틈도 없이 잠이 들고 말았다. 잠결에 뭔가 드르륵, 하는 소리를 들은 것도 같았지만 아침까지 눈 한 번 뜨지 않았다.

아침에 눈을 뜨고 밖으로 나와 보니 아버지는 벌써 내려갈 채비를 끝낸 뒤였다.

"곤하게 자는 것 같아서 깨우지 말라고 했다."

아버지는 어제와 달리 꽤 밝은 표정이었다.

"아버지 혼자 아침 드시게 하면 어떻게 해."

나는 늦잠 잔 것이 송구스러워 괜히 죄없는 아내만 탓했다.

"재한테 뭐라고 말어. 밤새 안 자고 일한 모양이던데."

아버지는 마루 구석에 놓여 있는 탁자를 가리켰다. 못 보던 탁자였다. 탁자 위에는 꽃 무늬가 그려진 천이 덮여 있고, 그 위에는 꽃이 꽂힌 화병도 올려져 있었다.

"생각해 보니까 아버님이 갖고 가시면 안 되겠더라고요. 화병을 놓을 자리가 없어서 고민했는데, 저 책상이 좋을 것 같았어요. 아버님한테 못 드린다고 떼써서 간신히 뺏었어요."

아내는 나를 보고 찡긋, 윙크를 했다. 미안하다는 뜻이었다.

그러니까 아내는 밤새 잠도 안 자고 천을 오려 레이스를 달아서 책상 덮개를 만들었던 것이다.

"시골에서야 아무거나 써도 되니께. 이렇게 이쁜 천을 씌워 놓으니께 돈 주고 산 것보다 훨씬 비싸 보이는구만. 새애기 손이 마법을 부렸구나. 마법을 부렸어!"

아버지는 몹시 흐뭇해 했다.

"아, 당신 손이 마법을 부리는구나! 당신은 정말 대단한 마법사야."

나는 아내 손을 꼬옥 잡았다.

"왜 이래요?"

아내가 아버지 눈치를 살피며 손을 빼려고 했다.

"마법을 부리느라 그 손이 얼마나 힘들었겠냐. 꼭 잡아줘라."

아버지는 허허 웃으며 대문을 나섰다.

사람은 누구나 남보다 나를 먼저 생각하게 마련입니다. 누구나 손해보고 살고 싶진 않기 때문입니다. 그렇지만 부모님은 자식에게 모든 것을 희생하고 양보합니다. 그리고 자식에게 부모의 그 마음을 가르치려 들지 않습니다. 자식도 머잖아 부모가 되면, 똑같이 희생하며 살 거라는 것을 알기 때문입니다.

단섯 번째 이야기

우렁각시의 사랑

"아버님, 제가 좀 일찍 데려가겠습니다."
젊은이는 신부를 번쩍 안았다.
그리고 결혼 행진곡에 맞추어 천천히 주례 앞으로 걸어갔다.
식장 안에는 숨소리도 들리지 않았다.
결혼 행진곡에 맞추어 걷는 신랑과 눈물을 흘리는 신부…….
하객들이 하나 둘씩 자리에서 일어났다.
요란한 박수가 터지고 하객들은 손수건으로
연신 눈물을 닦았다.

서울의 한 하숙집에 대학을 다니면서 유학을 준비하던 젊은이가 있었다.

젊은이의 생활은 매일 똑같았다. 아침 일찍 일어나 학교에 가서 강의를 듣고, 도서관에 있다가 하숙집으로 돌아와 늦게까지 공부하고 잠이 드는 것.

젊은이는 조금도 불편함을 느끼지 않았다.

늦잠을 잔 날이면 아침을 먹지 못하고 학교로 가는 젊은이를 위해 도시락이 항상 챙겨져 있었고, 늦게 학교에서 돌아오면 간식이 방안에 놓여 있었다. 더러워진 옷은 항상 새것처럼 세탁되어 있었고, 방안은 먼지 하나 없이 깨끗하게 청소되어 있었다. 어쩌다 친구들이 놀러오면 식탁에 술과 푸짐한 안주가 놓여 있었다.

"너는 도무지 하숙하는 사람 같질 않아. 옷도 깨끗하고, 먹는 것도 잘 먹으면서 지내니 말이야."

다른 곳에서 하숙하는 친구들은 젊은이를 몹시 부러워했다.

"4년 동안 한 집에서 오래 살다 보니까 하숙집 아주머니가 가족처럼 대해 주셔서 그래."

그렇지만 젊은이를 소리 없이 도와주는 사람은 하숙집 아주머니가 아니었다.

하숙집에는 젊은이도 까맣게 모르는 우렁각시가 있었다. 젊은이를 위해 말없이 식탁을 챙기고, 빨래를 하고 청소를 하는 우렁각시.

그 우렁각시는 하숙집 딸이었다.

그녀는 젊은이를 마음속으로 짝사랑하고 있었다. 하지만 한 번도 내색한 적이 없었다. 젊은이의 눈에 잘 띄지도 않았다. 그림자처럼 젊은이를 위해 움직이다가 젊은이가 돌아오면 흔적도 없이 숨어버리고는 했다.

우렁각시의 어머니는 딸의 사랑을 마음 아파하면서도 나무라지 못했다.

"너도 모르게 가는 마음을 어떻게 하겠느냐. 마음을 억지로 붙잡을 수도 없는 노릇이고."

어머니는 딸의 사랑을 바라보면서 그저 한숨만 쉴 뿐이었다.

그러던 어느 날, 젊은이는 우연히 우렁각시가 써놓은 일기를 보게 되었다.

저녁을 먹을 때, 그가 잠깐 나를 보았다. 너무 놀라서 그릇을 떨어뜨리고 말았다.

어제 진회색 바지를 다려놓았다. 오늘 아침 하얀 남방에 진회색 바지를 입고 학교로 가는 그의 뒷모습을 오래오래 바라보았다.

조기를 구워서 식탁에 올렸다. 그렇지만 그는 신문을 들여다보느라 앞에 앉은 하숙생이 조기를 다 먹어치울 때까지 손도

대지 않았다.

아침에 집을 나서는 그의 머리카락에 검불이 묻어 있었다. 떼어주고 싶었지만 그럴 수가 없었다. 대문 옆에 서서 바람이라도 불어 머리카락에 붙은 검불을 떼어주었으면, 하고 바랐다.

그가 감기 몸살을 앓는다. 어찌해야 할지 몰라 하루 종일 안절부절 못했다. 감기에 좋다는 음식을 이것저것 만들었지만 입맛이 없는지 아무것도 먹지 않았다. 지금도 콜록콜록 기침하는 소리가 들린다. 기침 소리를 들을 때마다 가슴이 너무 아프다.

힘들게 앓던 감기가 거의 다 나은 모양이다. 저녁 식탁에 그가 좋아하는 음식들을 차렸는데, 예전처럼 맛있게 먹었다. 눈물이 날 만큼 기뻤다. 많이 먹어줘서 고맙습니다, 하고 마음속으로 말했다.

우렁각시는 하루도 빠짐없이 젊은이를 사랑하는 마음을 일기로 적어놓았던 것이다.

"그랬구나. 그녀가 우렁각시였구나."

젊은이는 며칠 동안 깊은 고민에 빠졌다.

"이렇게 나를 사랑해 주는 여자를 다시 만날 수 있을까? 남몰래 가슴앓이를 얼마나 많이 했을까……."

"4년 동안 내 뒷모습만 바라봤을 그녀의 마음을 몰라준다면 평생 동안 얼마나 힘겨워할까."

젊은이는 고민 끝에 중대한 결심을 했다.

"그녀와 결혼하겠어."

친구들은 젊은이의 말을 듣고 몹시 놀랐다.

"그건 동정이야. 동정과 사랑은 별개라고."

"결혼은 현실인 거 몰라? 조건이 비슷한 사람끼리 만나야 살기가 편해."

"끝까지 책임지지 못할 행동은 아예 하지 말아야 해. 그 여자는 너랑 안 어울려."

친구들이 말렸지만 젊은이는 뜻을 꺾지 않았다.

당연히 부모의 반대도 심했다.

"말도 안 되는 소리 그만 해라. 결혼은 너 혼자 하는 것이 아니라 가족 모두와 하는 거야."

"절대 안 된다! 만약에 그 여자하고 결혼하면 없는 자식으로 여길 테니 그리 알아라!"

젊은이는 마지막 방법을 선택해야 했다.

"어려서는 부모님께서 저를 돌봐주셨지만 이제부터는 그녀가 저를 돌봐줄 것입니다."

젊은이는 결국 부모의 승낙을 얻지 못한 채 결혼식을 올리게 되었다.

"신부가 고등학교도 못 나왔다네."

"신랑 부모는 속상해서 결혼식장에도 안 왔대. 얼마나 속이 상하면 아들 결혼식에도 안 올까."

"그러게. 얼마나 새색시 될 여자가 마음에 안 들었으면 그랬겠어."

하객들이 수군대는 사이에 아버지 팔짱을 낀 신부가 식장으로 들어섰다.

절뚝절뚝…….

신부는 다리를 많이 절었다.

"어려서 소아마비를 앓았다더니 정말 심하게 다리를 저네."

"세상에. 금방이라도 넘어질 것 같아."

"저러니까 신랑 부모가 끝까지 반대를 했지."

식장의 웅성거림이 더 심해졌다.

신부가 한 발 한 발 걸음을 옮겼다.

그렇게 열 발짝쯤 걸었을까. 먼저 입장해 있던 신랑이 뚜벅뚜벅 신부 쪽으로 걸어갔다.

"아버님, 제가 좀 일찍 데려가겠습니다."

젊은이는 신부를 번쩍 안았다. 그리고 결혼 행진곡에 맞추어 천천히 주례 앞으로 걸어갔다.

식장 안에는 숨소리도 들리지 않았다.

결혼 행진곡에 맞추어 걷는 신랑과 눈물을 흘리는 신부…….

하객들이 하나 둘씩 자리에서 일어났다. 요란한 박수가 터지고 하객들은 손수건으로 연신 눈물을 닦았다.

"정말 아름다운 신랑 각시네."

"오래오래 잘살 거야."

"그럼, 그럼. 저렇게 한 몸처럼 사랑하는데 당연

히 잘살겠지."

"세상에서 가장 아름다운 결혼식이야."

하객들은 모두 일어나 박수를 치며 감동의 눈물을 흘렸다. 젊은이는 우렁각시 눈에 가득 고인 눈물을 가만히 닦아주었다.

결혼식을 치른 뒤, 젊은이는 우렁각시를 데리고 미국으로 유학을 떠났다.

"아직도 안 늦었으니 공부를 시작해 봐요. 열심히 공부하는 당신 모습을 보면 나도 몹시 기쁠 거야. 해낼 수 있겠어요?"

젊은이는 그녀가 공부를 다시 시작하길 바랐다.

"당신이 기뻐할 일이라면 힘들어도 열심히 해보겠어요. 당연히 당신이 도와주겠지요?"

우렁각시는 살림과 공부를 동시에 하는 것이 결코 쉽지 않았지만 꿋꿋하게 해냈다.

공부를 마친 젊은이는 고국으로 돌아와 교수가 되었고, 우렁각시는 아들 쌍둥이를 낳았다. 튼튼하고 건강한 아들이었다.

두 아들은 잘 자라주었고, 나중에 의사가 되었다.

"너희 아버지께서 나를 잘 보살펴주셔서 이렇게 편하고 행복하게 살고 있다. 너희는 몸이 불편한 사람들을 위해 의술을 펼쳤으면 좋겠다."

우렁각시는 두 아들 손을 잡고 당부했다.

"몸이 불편할 뿐이지 다른 사람과 조금도 다를 바 없는 사람들이다. 마음을 먼저 치료해주는 의사가 됐으면 좋겠구나."

그도 두 아들을 격려했다.

"예, 그렇게 하겠습니다."

두 아들은 부모와 했던 약속을 지켰다. 그리고 먼 훗날까지 장애인들의 아버지가 되어 널리 의술을 펼쳤다.

전생에 악연이었던 사람이 현생에서 부부로 맺어진다는 말이 있습니다. 결혼이란 전생의 숙제라는 뜻입니다. 끝없이 사랑하는 것, 그것이 숙제의 답입니다. 남편 때문에, 혹은 아내때문에 내가 불행하다고 느끼거든 크게 심호흡을 하고 외쳐보세요. "나는 행복을 절대 포기하지 않아! 내 사랑도 절대 포기하지 않아!" 하고 말입니다.

여섯 번째 이야기

구멍 속에 넣어둔 편지

엄마가 돌아와서 아무도 없으면 얼마나 슬플까,
생각하니까 눈물이 나려고 했다.
새로 이사 가는 집은 별로 멀지 않았다.
훈이는 눈을 똑바로 뜨고 차가 달리는 길을 눈여겨보았다. 형은 손
에 든 장난감을 만지작거리면서
고개 한 번 들지 않았다.
그날 밤, 훈이는 뜬눈으로 날을 지샜다.
잠든 형 옆에서 꾹꾹 연필을 눌러 엄마에게 편지를 썼다.
'엄마, 이사한 집으로 꼭 와야 해.
내가 집을 가르쳐줄게.'

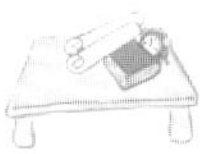

벌써 텔레비전이며 옷장들은 길거리로 나와 있었다. 그 옆에는 책상, 의자, 화분들이 어지럽게 놓여 있었다. 훈이가 즐겨 갖고 놀던 장난감도 뒤죽박죽 섞였다.

집 안에 있을 때는 제자리를 지키면서 할 일을 다 한 물건들이었다. 그렇지만 지금은 아니었다. 찬바람 앞에서 모두 초라하기만 했다.

훈이는 바람을 피해 이불 보따리 옆에 쪼그리고 앉았다. 일찍 잠에서 깼기 때문에 너무 졸렸다. 그리고 몹시 추워서 따뜻한 방안이 그립기만 했다.

"빨리 서둘러라. 책가방은 다른 물건하고 섞이지 않도록 한쪽으로 치워놓고."

아빠는 형을 향해 아까 했던 말을 다시 되풀이했다. 하지만 목소리는 마치 누가 들을까 봐 잔뜩 조심하고 있었다.

"아빠는 동네 사람들 몰래 도망치는 거야. 그래서 이렇게 이른 새벽에 이사 가는 거라고."

형이 훈이 옆으로 다가와 가만히 속삭였다. 훈이는 형을 노려보았다.

아니라고, 절대 아빠는 도망치는 것이 아니라고 소리치고 싶었지만, 너무 추워서 말이 잘 나오지 않았다.

어쩌면 형 말이 맞을지도 몰랐다. 형은 엄마가 우리를 버리고 도망쳤다는 것도 알고 있고, 우리 집이 빚 때문에 남의 손에 넘어갔다는 것도 다 알고 있으니까.

"엄마는 도망친 거야. 아빠 빚이 많아서 빚쟁이들이 쫓아오니까 도망친 거란 말이야."

형이 그렇게 말했을 때, 훈이는 울음이 쏟아질 것 같았지만 꾹 참았다. 대신 방바닥에 엎드려 좋아하는 그림 그리기를 하며 놀았다. 훈이가 아빠, 엄마, 형 가운데에서 환하게 웃고 있는 그림이었다.

"바보야, 아무리 그래도 소용없어. 엄마는 돌아오지 않아!"

형이 그림을 발로 걷어찼다.

"왜 내 그림 망가뜨려? 형은 바보야! 엄마한테 일러줄 거야!"

"바보야! 엄마는 돌아오지 않는다고 했잖아!"

"아냐! 꼭 돌아와. 엄마는 꼭 온단 말이야!"

"네가 아무리 울고 떼써도 내 말이 맞아. 엄마는 안 돌아와!"

"으앙, 엄마는 꼭 온단 말이야!"

훈이는 기어이 두 다리를 비비적거리며 울음을 터뜨리고 말았다.

형이 정성들여 그린 그림을 망가뜨려서가 아니었다. 지금까지 형이 했던 말들이 모두 맞았기 때문이었다. 엄마가 돌아오지 않는다는 말도 맞을까 봐 너무 두려웠다.

한참 동안 헉헉거리며 울던 훈이는 울음을 뚝 그쳤다.

형이 컴퓨터 앞에 앉아서 고개를 푹 숙인 채 눈물을 뚝뚝 흘리고 있었기 때문이다.

"형, 이거 줄게. 울지 마."

훈이는 나중에 먹으려고 아껴둔 초코파이를 형에게 내밀었다.

"이딴 거 필요 없어! 너나 실컷 먹어!"

형은 훈이한테 화풀이를 하고는 나가버렸다.

훈이는 형이 한 말이 절대 맞지 않을 거라고 생각했다. 다른 것은 몰라도 엄마가 돌아오지 않는다는 말은 틀렸다고 여겼다.

그런데 이사를 하기 위해 집 안에 있던 짐들이 모두 밖으로 나와 있는데도 엄마는 돌아오지 않았다.

"훈아, 이제 그만 가자."

아빠가 훈이를 번쩍 안아다 차에 태웠다.

부르릉, 소리를 내며 이삿짐 트럭이 골목을 빠져나가고 아빠 차도 뒤를 따랐다.

훈이는 창밖을 내다보았다. 엄마가 돌아와서 아무도 없으면 얼마나 슬플까, 생각하니까 눈물이 나려고 했다.

새로 이사 가는 집은 별로 멀지 않았다. 훈이는 눈을 똑바로 뜨고 차가 달리는 길을 눈여겨보았다. 형은 손에 든 장난감을 만지작거리면서 고개 한 번 들지 않았다.

그날 밤, 훈이는 뜬눈으로 날을 지샜다. 잠든 형 옆에서 꾹꾹 연필을 눌러 엄마에게 편지를 썼다.

엄마, 이사한 집으로 꼭 와야 해.

내가 집을 가르쳐줄게.

훈이는 편지에 새로 이사한 집 위치를 열심히 그렸다. 차 안에서 똑똑히 봐 두었는데도 잘 그릴 수 없어 공책을 스무 장도 더 뜯어냈다.

그리고 며칠 전에 형이 망가뜨린 그림을 다시 그렸다. 엄마가 그림을 보면 더 빨리 집으로 돌아오고 싶어질 거라고 여겼다.

다음날, 훈이는 일찍 집을 나섰다.

바람이 차가웠지만 계속 달리니까 등으로 땀이 흘렀다.

"엄마!"

어제까지 살았던 집 골목 앞에서 훈이는 큰소리로 엄마를 불렀다. 학교에서 돌아올 때면 늘 그랬던 것처럼.

"우리 훈이 왔구나."

당장이라도 엄마가 두 팔을 벌리고 달려올 것 같았다.

그렇지만 텅 빈 집에는 아무 흔적도 없었다. 엄마가 신었던 슬리퍼 한 짝이 수돗가에 떨어져 있을 뿐이었다.

훈이는 밖으로 나와 대문 옆에 있는 작은 구멍을 찾았다. 가끔 엄마가 외출할 때면 열쇠를 넣어두던

곳이었다. 엄마가 돌아오면 꼭 이 구멍 속에 있는 편지를 찾아낼 것이다. 그러면 어디로 이사 갔는지 금방 알 수 있다.

"됐다!"

훈이는 구멍에 편지를 넣어놓고 만족한 표정으로 돌아섰다.

앞집 똥개가 훈이를 보고 슬금슬금 뒷걸음을 쳤다. 또 훈이한테 발길질을 당할까 봐 겁이 난 표정이었다.

"걱정 마. 이젠 네 엉덩이 안 걷어찰게. 대신 우리 엄마가 오면 구멍 속에 편지 있다는 것 꼭 알려줘야 해. 알았지?"

훈이는 주머니 속에 들어 있는 과자를 똥개한테 던져주었다.

"멍멍!"

똥개가 훈이 말을 다 알아들었는지 씩씩하게 짖었다.

"어, 눈이다!"

훈이는 환하게 웃으며 하늘을 올려다보았다. 펄펄 흰눈이 쏟아지기 시작했다.

"엄마도 흰눈 보면 내가 보고 싶어질 거야."

훈이는 엄마가 흰눈을 밟고 꼭 돌아올 것이라고 믿었다.

눈은 하루 종일 쉬지 않고 내렸다. 새벽에도 멈추지 않았다.

다음날에는 바람이 몹시 심하게 불었다. 하지만 훈이는 아침 일찍 집을 나섰다. 간밤에 눈 내리는 소리를 들으며 쓴 편지와 그림을 들고서였다.

"없다!"

구멍 속에 손을 넣어본 훈이는 깜짝 놀랐다. 편지가 없었다. 엄마가 가져갔을까?

"엄마가 새로 이사한 집으로 왔을 거야."

훈이는 집을 향해 뛰었다.

그렇지만 엄마는 돌아오지 않았다. 아빠는 부엌에서 아침을 준비하고 있었고, 형은 아직 일어나지 않았다.

"내일은 꼭 올 거야."

훈이는 그날 밤에도 편지를 썼다. 그리고 어제 그린 것보다 훨씬 더 자세히 새로 이사한 집 위치를 그렸다.

그리고 아침이 밝아오자 편지를 들고 살던 집으로 달려갔다.

"또 없다!"

편지가 또 없었다.

"오늘은 엄마가 집에 꼭 오실 거야."

훈이는 새 편지를 구멍 속에 밀어넣고 다시 집을 향해 뛰었다.

며칠 동안 훈이는 하루도 거르지 않고 편지를 구멍 속에 넣었다. 구멍 속은 항상 비어 있었다. 그렇지만 엄마는 돌아오지 않았다.

"콜록콜록."

기침이 쏟아지고 몸이 덜덜 떨렸다.

"아침 일찍 어딜 갔다 오는 거야? 손발이 꽁꽁 얼었잖아."

아빠가 놀란 표정으로 훈이 이마를 손으로 짚었다. 그리고 깜짝 놀랐다.

"열이 펄펄 끓는구나. 아빠하고 병원에 가자."

"집에 아무도 없으면 엄마가 어떻게 들어와?"

훈이가 아빠를 보며 물었다.

"훈아……."

아빠가 훈이를 꼭 안아주었다.

"아빠, 매일매일 엄마한테 편지 써서 저번에 살았던 집에 감춰 놨거든. 아빠도 알지? 열쇠 숨겨두는 구멍 말이야. 그 안에 편지를 넣어두었는데 매일 편지가 없어졌어. 엄마가 편지 가져간 거야?"

"그래, 분명 엄마가 훈이 편지 봤을 거야."

그렇게 말하는 아빠 눈이 촉촉하게 젖어 있었다.

"엄마……."

꿈속에서 훈이는 수없이 엄마를 불렀다. 그러면 엄마가 나타나 훈이를 따뜻하게 안아주고는 했다. 하지만 눈을 뜨면 엄마는 사라지고 없었다.

며칠 동안 훈이는 몹시 앓았다. 아빠도 걱정되어

훈이 곁을 떠나지 않았다.

일요일 새벽, 훈이는 아픈 몸을 이끌고 책상에 앉았다. 그리고 힘겹게 엄마에게 보낼 편지를 썼다.

엄마, 얼른 와. 엄마 보고 싶단 말이야.

훈이는 편지를 네모로 접어 주머니에 넣고 방을 나섰다.

"훈아, 감기가 더 심해지면 안 되니까 오늘은 가지 말고 다음에 가자."

아빠가 훈이를 붙잡았다.

"엄마가 보고 싶단 말이야. 난 갈 거야!"

훈이는 울먹이며 말했다.

"그럼 아빠하고 함께 가자. 아빠도 엄마가 많이 보고 싶단다."

아빠는 운전을 하면서 아무 말도 하지 않았다. 훈이도 아빠 눈치를 살피기만 했다. 다른 때는 훈이가 고집을 피우면 아빠는 몹시 화를 내고는 했다. 그렇지만 지금은 말없이 운전만 했다.

"엄마가 훈이 편지를 보았으면 정말 좋겠구나."

아빠는 골목 앞에서 차를 세웠다. 훈이는 재빨리 차에서 내려 구멍 앞으로 달려갔다.

구멍 속은 텅 비어 있었다. 정말로 엄마가 편지를 꺼내 갔을까?

"엄마가 분명히 편지를 가져갔을 거야."

아빠가 훈이를 안아 차에 태웠다.

"엄마 보고 싶단 말이야……."

훈이는 차 안에서 기어이 엉엉엉 울음을 터뜨리고 말았다.

"훈아, 울면 열이 더 나. 그러니까 그만 울자."

훈이를 달래는 아빠 눈도 젖어 있었다.

아빠한테 안겨 집 안으로 들어오던 훈이는 깜짝 놀랐다.

놀랍게도 엄마가 와 있었다.

"엄마!"

훈이는 얼른 달려가 엄마 품에 안겼다.

"여보!"

아빠도 놀란 표정으로 엄마를 보았다.

"우리 훈이가 많이 아팠구나."

엄마는 훈이를 꼭 안아주었다.

"하루도 빠짐없이 들어 있던 편지가 없어서 얼마나 걱정했는지 모른단다. 우리 훈이가 많이 아픈 것만 같아서 견딜 수가 없었어."

엄마는 울고 있었다.

"엄마, 울지 마. 집 찾아왔으니까 됐잖아."

훈이는 엄마 눈물을 닦아주었다.

"엄마, 또 갈 거야?"

훈이가 걱정스런 표정으로 물었다. 엄마가 또 어디론가 가버린다면 큰일이었다.

"아니, 안 가. 우리 훈이랑 아빠랑, 형하고 같이 살 거야."

엄마 말에 훈이는 좋아서 어쩔 줄을 몰랐다. 아빠도 눈물을 글썽이며 말없이 엄마 손을 꼭 잡았다.

늦잠꾸러기 형은 아무것도 모르고 잠만 쿨쿨 자고 있었다.

"형, 내 말이 맞잖아! 형이 틀렸어. 내가 맞았단 말이야. 내가 그랬지? 엄마가 꼭 돌아올 거라고!"

훈이는 방으로 달려가며 크게 소리쳤다.

여행의 행복은 목적지에 닿았을 때가 아닙니다. 여행하는 과정에서 이미 많은 행복을 맛보게 됩니다. 삶도 여행과 같습니다. 숱한 역경과 맞서면서 쉬지 않고 달리는 동안 이미 많은 행복을 느낍니다. 행복을 즐길 시간도 지금이고, 행복을 즐겨야 할 장소도 여기라는 생각만 잊지 않는다면 누구나 행복할 것입니다.

일곱 번째 이야기

세상에서 가장 향긋한 냄새

"당신 출퇴근 해주기가 너무 힘들어.
나도 연구할 일이 많고, 해야 할 일도 많은데
그 동안 당신 손발 노릇 하느라 꼼짝 못했어.
그러니까 오늘부터 당신 혼자서 출퇴근해요."
남편이 싸늘하게 말했다. 그녀는 깜짝 놀랐다.
하지만 왜 갑자기 그러냐고 따질 수도 없었다.
"그래, 남편도 나한테 지친 거야.
어쩌면 앞이 안 보이는 내가 싫어지기 시작했는지도 몰라.
당연해.
예쁘고 건강한 여자들이 얼마나 많은데……."
아내는 이제부터라도 홀로서기를 준비해야겠다고 결심했다.

그녀는 아름답고 총명했다. 집안도 넉넉했기 때문에 별 어려움 없이 미술 대학을 마치고, 교수가 되었다. 몇 년 후에는 같은 대학의 교수로 있던 청년과 결혼해서 행복한 가정을 꾸렸다.

그렇게 아무 걱정 없이 살던 그녀에게 갑자기 불행이 닥치기 시작했다.

"왜 눈이 점점 안 보일까?"

그녀는 처음에는 피곤해서 그러려니 했다. 그렇지만 날이 갈수록 시력이 떨어졌다.

병원을 다니고 좋은 약을 다 써보았지만 시력은

점점 더 나빠져서, 결국 실명하고 말았다.

"내가 왜 이런 불행을 겪어야 하는 거야? 앞이 안 보이다니, 이제 어떻게 살지?"

그녀는 자신에게 닥친 불행을 받아들이지 못했다. 우울증까지 겹쳤다.

그런 그녀를 보면서 남편은 몹시 안타까웠다. 그녀의 아름답던 얼굴은 하루가 다르게 말라가고, 하루 종일 말 한 마디 하지 않고 방안에 틀어박혀 있는 날이 거듭되었다.

"아무 걱정 말아요. 내가 당신의 손발이 되어줄 테니까. 앞이 안 보인다는 불편함만 잘 견디면 지금까지와는 전혀 다른 경험도 할 수 있고, 새로운 일도 도전해 볼 수 있을 거요."

남편은 슬픔에 빠진 그녀를 어떻게든 위로하려고 애를 썼다.

"당신은 누구보다 능력 있는 사람이오. 그리고 일할 때 가장 행복해 했어. 당신이 할 수 있는 일을 찾아봅시다. 나만 믿어요."

남편은 그녀를 위해 맹아 학교 교사 자리를 찾아냈다.

"당신은 저 아이들보다 훨씬 더 많이 세상을 구경했소. 그러니까 아름다운 것에 대해 누구보다 더 많이 알고 있지. 아이들에게 당신은 세상에서 가장 값진 것들을 가르칠 수 있어요. 그러니 용기를 냅시다."

남편의 응원에 힘입어 그녀는 새로운 직장에 나가기 시작했다. 처음엔 적응하기 힘들었지만, 하루하루 나아졌다.

남편은 아침 일찍 일어나 그녀를 맹아 학교까지 데려다 준 뒤에 대학교로 향했다. 그리고 저녁때가 되면 어김없이 그녀를 데리러 왔다. 눈이 오나 비가 오나 남편은 하루도 거르지 않고 그녀의 손발이 되어주었다.

덕분에 그녀는 앞이 안 보이는 불편함만 빼고는 그럭저럭 잘 지낼 수 있었다.

얼마 후 그녀는 학교에서 가장 인기 있는 교사로

인정받았다. 그녀는 아이들에게 세상이 얼마나 아름다운가를 깨닫게 해주려 노력했다. 그리고 자주 그림 전시회에 데려가기도 했다.

앞이 안 보이는 선생이 여러 명의 맹아 학생들을 이끌고 전시회에 들어서면 모두들 의아해 하고는 했다. 그러나 미술을 전공했던 그녀는 아이들에게 그림에 대한 설명을 누구보다 잘할 수 있었다.

"세상에서 가장 아름다운 그림이에요."

"선생님 설명을 들으니까 그림을 훤히 보는 것 같아요. 정말 멋져요."

놀랍게도 아이들은 눈이 밝은 사람들보다 더 정확하게 그림을 이해했고, 더 넓고 깊은 상상력을 보탰다.

그녀는 아이들을 데리고 예전에 갔던 공원에도 가고 박물관에도 갔다. 눈이 안 보이는 대신 상상력이 풍부한 아이들은 그녀의 설명을 들을 때마다 탄성을 질러댔다.

"세상은 정말 멋진 것이 너무 많아요! 이제 새소

리만 들어도 그 새가 어떻게 생겼는지 정확하게 알 것 같아요."

"박물관에 그렇게 많은 것이 있는 줄 몰랐어요. 옛날 왕들이 쓴 왕관은 정말 멋있어요!"

아이들은 물론이고, 그녀도 행복했다. 남편 말대로 앞이 안 보여 좀 불편했지만, 전혀 다른 경험을 해보고, 새로운 일에 도전하는 것이 너무 좋았다.

"앞이 안 보이는 아이들이 마음의 눈으로 보는 그림은 세상에서 가장 멋진 그림이 되고는 해."

"학교에서 내가 가장 인기 있는 교사야. 아이들은 내 이야기를 듣느라 숨소리도 안 내. 내가 봤던 영화나 구경했던 박물관, 호수, 공원 이야기를 들려줄 때 얼마나 행복해 하는지 몰라."

아내는 남편을 만나면 예전처럼 명랑하고 밝게 떠들고는 했다.

그렇게 몇 달이 지나갔다.

어느 날, 그녀가 학교에 갈 시간이 되었는데도 남편이 일어서질 않았다.

"당신 출퇴근 해주기가 너무 힘들어. 나도 연구할 일이 많고 해야 할 일도 많은데, 그 동안 당신 손발 노릇 하느라 꼼짝 못했어. 그러니까 오늘부터 당신 혼자서 출퇴근해요."

남편이 싸늘하게 말했다. 그녀는 깜짝 놀랐다. 그렇지만 왜 갑자기 그러냐고 따질 수도 없었다.

"그래, 남편도 나한테 지친 거야. 어쩌면 앞이 안 보이는 내가 싫어지기 시작했는지도 몰라. 당연해. 예쁘고 건강한 여자들이 얼마나 많은데……."

아내는 이제부터라도 홀로서기를 준비해야겠다고 결심했다. 남편이 떠난 뒤에 혼자 견디려면 다른 사람 도움 없이 사는 연습이 필요했다. 그녀는 흐르는 눈물을 닦으며 더듬더듬 골목을 빠져 나가 버스 정류장으로 향했다.

남편의 보살핌을 받을 때와 달리 바짝 긴장해서 걷느라 진땀이 났지만 그녀는 한 발 한 발 앞으로 향했다.

그날, 그녀는 다른 날보다 훨씬 늦게 학교에 도착

했다. 너무도 힘들게 학교에 도착한 그녀는 은근히 남편이 데리러 오기를 바랐다.

하지만 퇴근 시간이 지났는데도 남편은 나타나지 않았다. 그녀는 오랫동안 남편을 기다렸다.

"그래, 이제 아무것도 바라지 말고 홀로서기를 하자. 그게 내가 할 일이야."

그녀는 끝내 나타나지 않는 남편이 한없이 서운했지만 눈물은 흘리지 않았다.

"다시는 울지 않아. 나는 강한 사람이니까 앞이 안 보이는 불편함 때문에 스스로 불행하다고 생각하진 않아."

그녀는 스스로를 위로하며 더듬더듬 힘겹게 집으로 향했다.

남편은 정말 마음이 변한 것 같았다. 아무리 비바람이 불어도 그녀를 돌봐주지 않았다. 집 안에서도 그녀를 도와주지 않을 뿐 아니라 넘어져 무릎이 다쳐도 신경쓰지 않았다.

"이제 떠나보낼 때가 됐어. 나 혼자서도 씩씩하게

살아갈 수 있으니까 괜찮아."

그녀는 남편을 그만 보내주기로 결심했다. 한때는 사랑해서 결혼했지만, 지금 남편을 위해 해줄 수 있는 일은 그것밖에 없었다.

"이제 됐어요. 그 동안 내 옆에 있어줘서 고마워요. 이제는 나 혼자 버스도 탈 수 있고, 나 혼자서 밥도 짓고, 빨래도 할 수 있어요. 그러니까 이제 그만 떠나도 돼요."

그녀는 울지 않으려고 애쓰며 말했다.

남편은 아무 말도 하지 않았다. 그저 아내 손을 가만히 잡아줄 뿐이었다.

"마지막 동정심인가요?"

"……."

"당신 마음은 싸늘하게 식었을지 몰라도, 당신 손은 참 따뜻하네요. 부디 행복하세요."

이튿날, 비가 몹시 내렸다. 그녀는 다른 날과 마찬가지로 한 손에 우산을 들고, 한 손에 지팡이를 짚은 채 골목을 빠져 나와 버스 정류장으로 향했다.

그녀는 내리기 편하도록 운전수 바로 뒷자리에 앉았다. 그러자 운전수가 반갑게 인사하며 말을 건넸다.

"당신은 참으로 복이 많은 여인입니다."

그 말에 그녀는 어리둥절했다.

"당신 남편처럼 아내를 사랑하는 사람을 처음 봤어요. 눈이 오나 비가 오나 하루도 빠짐없이 그림자처럼 당신 뒤를 따라다니고 있으니 말입니다."

그 말에 그녀는 몹시 놀랐다.

그 동안 남편이 소리 없이 그녀 뒤를 따라다니고 있었다는 사실을 전혀 눈치 채지 못했던 것이다.

참았던 눈물이 줄줄 흘러내렸다. 그녀는 의자에서 일어나 버스 뒤쪽으로 몸을 돌렸다.

"당신은 움직이지 말아요. 그냥 앉아 있어요. 내가 당신을 찾아갈게요."

그녀는 더듬더듬 걷기 시작했다. 앞은 안 보이지만 남편의 향기는 쉽게 찾을 수 있었다. 세상에서 가장 향긋한 남편의 냄새.

"여기 있었군요. 정말 미안해요. 당신이 여기 있는지 모르고 미워했어요."

남편은 언제나 그렇듯이 말없이 아내 등을 다독여 주었다. 언제까지 이렇게 그림자처럼 곁을 지켜 주겠다는 약속처럼.

가슴이 답답하거든 공원으로 나가보세요. 그리고 눈을 감고 귀와 가슴을 활짝 열고서 눈앞에 펼쳐진 풍경을 떠올려 보세요. 그리고 내 마음을 가만히 들여다 보세요. 누가 있나요? 혹시 주인이 없지는 않은가요? 주인이 없거든 얼른 주인을 찾아 조용히, 고요하게 그 마음자리에 앉혀주세요. 그 주인은 바로 당신입니다.

여덟 번째 이야기

아버지의 비밀

"자네도 기억하지?
그때 우리 반에 자꾸 도난 사건이 일어났잖아.
선생님은 반장이 책임지고 도둑을 잡으라고 하셨어.
그래서 난 한 가지 꾀를 생각해냈지.
돈을 일부러 눈에 잘 띄는 장소에 떨어뜨려 놓은 거야.
그리고 누가 가져가나 몰래 지켜봤지.
그 돈을 가져간 사람이 누구였냐면, 바로 자네였어.
나는 그 순간 아이들이 들을 수 있도록 큰소리로 외쳤지.
내 돈을 누가 훔쳐갔어!"
아버지는 잠깐 말을 끊었다.
놀란 것은 철호만이 아니었다.
아저씨도 몹시 놀란 표정이었다.

철호는 반장이다. 그래서 모든 일에 앞장서서 모범을 보이는 것이 늘 우선이다. 공부도 잘하지만 운동도 그만큼 잘하려고 노력한다. 당연히 선생님 말씀도 어긴 적이 없었다. 그래서 학교는 물론이고 동네에서도 철호를 모르는 사람이 없을 정도이다.

"어려운 살림에도 아들 하나는 반듯하게 참 잘 키웠어."

"저 녀석을 보면 절로 탐이 난다니까."

어른들의 칭찬을 들을 때마다 철호는 혼자 으쓱하고는 했다.

그런데 오늘 뜻하지 않는 사건이 일어났다.

미술 시간이었다.

"선생님은 내 그림을 가장 잘 그렸다고 칭찬하실 거야."

철호는 다른 애들보다 그림을 더 잘 그리려고 애를 썼다.

그런데 갑자기 오줌이 마려웠다. 잠깐 화장실을 다녀오면 되겠지만 그러다 보면 그림을 완성할 수 없을 것 같았다.

"아휴, 죽겠네."

철호는 몸을 배배 꼬면서도 끝까지 그림을 다 그렸다.

그림 검사를 받은 뒤, 철호는 아랫도리에 힘을 잔뜩 주고 화장실로 향했다. 그런데 아주 큰 사고가 나고 말았다. 자신도 모르게 오줌이 줄줄 나오고 만 것이다.

"난 몰라. 어떻게 해."

오줌 쌌다고 친구들이 놀린다면 반장 체면이 이

만저만 구겨지는 것이 아닐 것이다.

"어떻게 하지?"

고민에 빠진 철호는 아주 좋은 생각이 떠올랐다. 다음 시간은 체육이었다. 그러니까 애들이 운동장으로 나올 것이다.

철호는 재빨리 수돗가로 달려갔다. 그리고 호스를 수도꼭지에 연결했다.

잠시 후에 반 아이들이 우르르 뛰어나왔다.

"이때다!"

철호는 기회를 놓치지 않고 힘껏 수도를 틀고 호스를 애들에게로 향했다.

"으악, 차가워!"

"야, 이 나쁜 자식아!"

물벼락을 맞은 아이들이 아우성을 쳤다. 달려와 호스를 빼앗는 아이, 철호를 꼬집고 때리는 아이, 호스로 물을 뿌리는 아이…….

수돗가는 때아닌 물강아지로 가득했다.

11월이었다. 날씨가 몹시 추웠다. 물강아지가 된

아이들은 입술이 파래져서 교실로 뛰어 들어갔다.

"아니, 얘들아!"

선생님이 놀라서 아이들을 보았다.

"그러다 감기라도 들면 어쩌려고 물장난이야!"

화가 난 선생님은 모두에게 단체 기합을 주었다.

"너 때문이야."

"감기 들면 가만 두지 않을 거야."

아이들은 골나서 철호를 원망했지만, 철호는 싱글벙글 터지려는 웃음을 간신히 참았다.

"다시는 너랑 안 놀아!"

"이 나쁜 놈아! 나중에 꼭 복수할 거야!"

아이들은 모두 철호를 미워하고 따돌렸지만 철호 기분은 이만저만 좋은 것이 아니었다.

"너네들이 나를 왕따시켜도 내일이면 모두 내 편이 될걸. 으휴, 큰일 날 뻔했다. 까딱 잘못했으면 오줌싸개라고 놀림받았을 것 아냐."

철호는 룰루랄라 흥겹게 콧노래를 부르며 집으로 돌아갔다.

"아니, 옷이 왜 그렇게 젖은 거냐?"

아버지가 옷이 흠뻑 젖은 채 돌아온 철호를 보고 놀라서 물었다.

"있잖아, 나 오늘 신나는 일이 있었다."

철호는 학교에서 있었던 일을 신이 나서 떠들어 댔다.

"그렇게 좋으냐? 애들은 아무 잘못도 없이 집에 가서 야단 맞을지 모르는데. 벌써 감기에 걸린 애들도 있겠구나."

아버지는 걱정스런 표정으로 철호를 보았다.

"그래도 내가 오줌 싼 건 감쪽같이 숨겼잖아."

철호는 자랑스럽게 떠들었다.

다음날은 일요일이었다. 아침 일찍 아버지는 철호를 데리고 집을 나섰다.

"어디 가요?"

"아빠 어릴 적 친구한테 간단다."

"친한 친구예요?"

"친했냐고? 글쎄, 잘 모르겠다."

그렇게 대답하는 아버지 표정이 어두웠다.

아버지 친구는 변두리에서 양복점을 운영하고 있었다.

"똘똘하게 생겼구나. 아빠 닮아서 공부도 잘하겠지?"

아버지 친구는 철호 머리를 쓰다듬어 주었다.

양복점은 별로 넓지 않았다. 초라한 공간에 옷 몇 벌이 걸려 있을 뿐이었다.

아버지는 계속 어두운 표정이었다.

"자네한테 사과하러 왔네."

아버지가 어렵게 입을 열었다.

"무슨 소린가? 사과한다니, 뭘 말인가?"

아저씨가 아버지를 보며 물었다.

"우리 초등학교 4학년 때 일 기억나나?"

그 말에 아저씨 표정도 어두워졌다.

"자네도 기억하지? 그때 우리 반에 자꾸 도난 사건이 일어났잖아. 선생님은 반장이 책임지고 도둑을 잡으라고 하셨어. 그래서 난 한 가지 꾀를 생각해냈지. 돈을 일부러 눈에 잘 띄는 장소에 떨어뜨려 놓은 거야. 그리고 누가 가져가나 몰래 지켜봤지. 그 돈을 가져간 사람이 누구였냐면, 바로 자네였어. 나는 그 순간 아이들이 들을 수 있도록 큰소리로 외쳤지. 내 돈을 누가 훔쳐갔어!"

아버지는 잠깐 말을 끊었다. 놀란 것은 철호만이 아니었다. 아저씨도 몹시 놀란 표정이었다.

"선생님이랑 소지품 검사를 하면서 유독 자네 앞에서 오랫동안 조사를 했어. 그리고 나는 삼각자 틀 속에 감춰진 내 돈을 찾아냈고. 그 일로 자네는 그동안 벌어진 도난 사고를 모두 뒤집어쓸 수밖에 없었어. 얼마 후에 자네는 학교를 떠나고 말았지. 애들이 도둑이라고 따돌렸기 때문에 더 이상 학교에 다닐 수가 없었던 거야."

아버지는 간신히 말을 이었다.

"정말 미안하네. 아주 오래 전부터 자네를 찾아와 용서를 구하고 싶었지만 용기가 나질 않았어. 나 때문에 공부도 일찌감치 그만 두었다는 것을 생각하면…….”

아버지 목소리가 몹시 떨렸다. 아저씨는 아무 말도 하지 않고 가만히 앉아 있었다. 그리고 한참 후에야 입을 열었다.

“나는 전혀 모르고 있었네. 자네가 고의로 나를 도둑으로 몰았다니, 정말 믿어지질 않아. 나는 그 일로 학교 가기가 너무도 두렵고 무서웠어. 공부도 더 하기 싫어졌어. 그래서 학교를 그만 두고 어린 나이에 양복점에 취직을 했지. 그렇지만 어른이 돼서도 너무 배우지 못했다는 사실 때문에 매사에 용기가 없었지.”

아저씨 목소리도 떨리고 있었다.

철호도 고개를 푹 숙였다. 아버지가 왜 철호를 데리고 이곳에 왔는지, 너무도 잘 이해할 수 있었기 때문이다.

“정말 미안하네. 지금이라도 용서를 빌겠네.”

아버지 말에 아저씨가 아버지 손을 잡았다.

“아닐세. 이제라도 말해줘서 고맙네.”

그렇게 말하는 아저씨 표정이 밝았다.

양복점을 나와 아버지와 철호는 오랫동안 말없이 걸었다. 나뒹굴던 낙엽들이 발길에 툭툭 채였다. 씨잉, 바람이 불면 바람 따라 훌훌 날던 낙엽들이 홀연히 어디론가 사라지고는 했다.

"아빠, 죄송해요."

철호는 개미만한 목소리로 말했다.

"아빠는 우리 철호가 먼 훗날 미안한 마음을 갖고 떠올리는 친구가 없었으면 좋겠구나."

아버지는 철호 손을 가만히 잡아주었다.

"알겠어요, 아빠. 친구들한테 사실대로 말할게요. 사과도 하고요."

"그래, 네가 그렇게 솔직하게 말하면 친구들도 너를 이해할 거야."

집으로 가려면 학교 앞을 지나야 했다.

운동장에서 야구나 축구를 하면서 노는 아이들의 함성이 들려왔다.

어제 물벼락을 맞고 울면서 집으로 돌아갔던 친

구들도 있었다. 모두 명랑하고 밝은 표정이었다.

"친구들한테 가봐."

아빠가 철호 등을 밀었다.

"네, 아빠!"

철호는 씩씩하게 대답하고 친구들에게 달려갔다.

"얘들아, 천하무적 김철호가 왔다! 나도 같이 놀자!"

아빠는 소리를 지르며 씩씩하게 달려가는 철호의 뒷모습을 흡족하게 바라보았다.

똑똑한 자식을 바보로 만드는 것은 똑똑하고 빈틈없는 부모라고 했습니다. 자식들은 완벽한 부모 앞에서 기를 펼 수가 없습니다. 어린 자식과 지하철을 탈 일이 있거든 "나는 지하철만 타려고 하면 정신이 없어. 네가 있어서 정말 다행이다."라고 말해 보세요. 그리고 아이에게 표를 사게 하고, 나를 이끌게 해보세요. 아이는 부모를 무사히 이끌기 위해 노력할 것이고, 자신이 해낸 일을 몹시 뿌듯해할 것입니다.

아홉 번째 이야기

가난한 부부의 멋진 성찬

"돈이 어딨냐고?
아무리 무능한 남편이지만 얼마 후면 아기 낳을 당신한테
고기 한 번 실컷 못 먹이겠어?
아무 걱정 마."
그녀 또한 남편에게 돈이 없다는 것을 잘 알고 있었다.
하지만 임신한 아내에게 오랜만에 맛있는 것을 사주고 싶어하는
남편의 기를 죽일 수는 없었다.
"밥상 차리지 마.
나가서 맛있는 것 실컷 먹을 텐데 뭐 하러 밥을 먹고 나가."
남편은 그녀를 재촉했다.

"어쩌나, 반찬거리가 아무것도 없는데……."

그녀는 냉장고 문을 연 채로 어두운 표정을 지었다. 냉장고 안에는 김치 한 가지밖에 반찬이 없었다. 남편이 좋아하는 콩나물국이라도 끓이고 싶었지만 콩나물 살 돈도 없었다.

남편은 저녁 무렵에 집을 나서서 농수산물 시장에 나가 밤새 날품을 팔고 아침 10시쯤 돌아왔다.

다니던 회사가 문을 닫은 뒤, 몇 달 동안 일자리를 찾았지만 마땅한 곳이 없었다. 가까스로 구한 직장에서도 두 달 동안 월급이 나오지 않아서 그만두어야 했다.

"안 되겠어. 날품이라도 팔아서 먹고살아야지. 집에서 빈둥거리면 잡생각만 나고 더 힘들어져. 장사라도 하려면 일을 배워야 할 것 같아."

그 뒤, 남편은 농수산물 시장에서 일을 시작했다. 하지만 집에는 돈이 한 푼도 없었다. 그녀는 퇴근 시간에 집을 나서서 새벽 이슬을 맞으며 일하고 아침에서야 돌아오는 남편에게 돈이 없다는 말을 할 수가 없었다.

출산일이 얼마 남지 않은 그녀로서는 돈을 벌러 나갈 형편도 못 되었다.

"힘든 일을 하려면 든든하게 먹어야 하는데……."

그녀는 밥과 김치만 놓인 밥상을 보면서 기어이 눈물을 흘리고 말았다. 사랑하는 사람에게 아무것도 해줄 수 없다는 사실이 너무 속상하고 슬펐다.

잠에서 깨어난 남편이 울고 있는 그녀를 보았다.

"왜 울어? 옳아, 뱃속의 아기가 맛있는 것 안 준

다고 보채는구나? 내 말이 맞지?"

남편은 그녀의 어깨를 꼭 안아주었다. 그는 왜 아내가 울고 있는지 다 알고 있었다.

"당신 고기 좋아하지? 오늘 내가 근사하게 한 턱 쏠게. 기대해."

그녀는 놀라서 남편을 바라보았다.

남편은 그런 그녀의 눈물을 가만히 닦아주며 밝게 웃었다.

"돈이 어딨냐고? 아무리 무능한 남편이지만 얼마 후면 아기 낳을 당신한테 고기 한 번 실컷 못 먹이겠어? 아무 걱정 마."

그녀 또한 남편에게 돈이 없다는 것을 잘 알고 있었다. 하지만 임신한 아내에게 오랜만에 맛있는 것을 사주고 싶어하는 남편의 기를 죽일 수는 없었다.

"밥상 차리지 마. 나가서 맛있는 것 실컷 먹을 텐데 뭐 하러 밥을 먹고 나가."

남편은 그녀를 재촉했다.

두 사람은 손을 잡고 집을 나섰다. 그녀는 남편이

어떻게 고기를 사주려는 것일까, 걱정스러웠지만 아무것도 묻지 않았다.

남편은 그녀 손을 잡고 한참을 걸었다.

"애기 낳을 때가 되면 운동을 해야 된다는데, 그동안 당신은 집 안에만 있었잖아. 오늘 운동하는 기분으로 걸어가자."

남편은 버스비가 없다는 말 대신 그렇게 말했다.

"내가 너무 게을러서 바깥에도 잘 안 나오고 잠만 잤어. 오랜만에 걸으니까 기운이 저절로 나네."

그녀는 남편 팔을 꼭 잡았다.

남편이 그녀를 데려간 곳은 백화점 식품 매장이었다.

남편은 그녀를 고기 시식 코너로 이끌었다.

"어서 오세요."

고기를 굽던 아주머니가 두 사람을 반갑게 맞이했다.

남편은 그녀 몰래 아주머니를 향해 눈으로 간절하게 사정을 했다.

“죄송하지만 제 아내가 고기를 많이 먹게 해주시겠어요? 그 은혜 안 잊겠습니다.”

아주머니는 영문을 몰라서 두 사람을 살폈다. 초라한 옷차림에 꺼칠한 모습, 아주머니는 남자가 보낸 눈싯의 뜻을 금방 알아차렸다. 아주머니는 남자에게 걱정 말라는 눈짓을 했다.

아주머니는 프라이팬에 고기를 듬뿍 얹어 굽기 시작하며 밝게 말했다.

“오늘 할당된 고기가 있는데, 손님이 별로 안 와서 아주 많이 남았다우. 할당된 고기를 다 소비하지 못하면 안 되는데, 잘됐네. 두 사람이 나를 돕는 셈 치고 많이 좀 먹어줘요.”

아주머니는 익힌 고기를 접시에 가득 내놓았다.

“두 사람 아니었으면 장사 안 했다고 회사에서 쫓겨날 뻔했지 뭐유.”

아주머니는 아내가 먹는 것만 보고 있는 남자 손에 젓가락을 쥐어주었다. 그리고 다정한 눈빛으로 걱정하지 말라는 표정을 지었다.

"고맙습니다, 아주머니."

다른 시식 코너의 아주머니들도 두 사람을 보았다. 그리고 왜 고기 굽는 아주머니가 고기를 듬뿍 굽고 있는지를 눈치 챘다.

"새댁, 우리 집 샐러드도 좀 먹어줘요. 고기만 먹으면 질리잖아. 어서 이리 와요."

"우리 집 호박죽도 시식 좀 해줘요."

"새로 나온 만두인데, 두 사람이 맛보고 선전 좀 해줘요."

아주머니들이 여기저기서 두 사람을 불렀다.

그녀는 좋아하는 고기는 물론이고 맛있는 음식을 골고루 맛보며 행복해 했다. 남편은 아내 몰래 아주머니들에게 눈으로 인사를 보냈다.

"정말 고맙습니다, 아주머니."

백화점을 나서는 두 사람의 발걸음이 가벼웠다.

"어때, 맛있게 먹었어?"

남편이 물었다.

"그럼, 세상에서 가장 사랑하는 내 남편이 한턱

쓴 건데 당연히 맛있었지. 너무너무 잘 먹었어, 여보. 정말 근사한 성찬이었어."

"내일 모레 봉급날이니까 다시 오자. 그때는 시식만 하지 말고 넉넉하게 사 가자고."

"당분간은 고기 냄새도 맡기 싫어질 것 같아요. 너무 많이 먹었거든. 뱃속의 애기도 너무 잘 먹었다고 하네."

그녀는 남편 손을 꼭 잡았다. 거칠지만 한없이 따뜻한 손이었다.

세상에는 헛된 욕심을 부리는 사람이 너무도 많습니다. 그러나 그 욕심이 이뤄지지 않으면 누군가를 원망하고 미워합니다. 불행하다고 생각하기보다는 남보다 행복한 점이 더 많다고 생각하는 사람은 설령 하려는 일이 실패로 끝나도 결코 불행하다고 여기지 않습니다. 대신 힘든 오늘을 특별한 내일로 만드는 지혜로움을 많이 쌓은 부자가 됩니다.

열 번째 이야기

여고 동창 모임

"무슨 냄새? 아무 냄새도 안 나는데?"
"전철 타고 오는데 어떤 아가씨가 내 옆에 앉아 있다가
날 피해 다른 데로 가더라고.
내 몸에서 냄새가 나서 그러는 줄 알았어.
실은 교수님이 너무 고마워서 뭐든 드리고 싶어도 드릴 게 없잖아.
그래서 갈 때마다 청국장을 띄워서 갖다드리거든.
된장, 고추장 같은 것도 갖다드리고.
오늘은 배추김치를 담가다가 드렸어.
그래서 내 몸에서 김치 냄새가 나나 싶었어."
옥영이 말하는 동안 친구들은 눈시울을 적셨다.

"이제 우리도 동창 모임을 가질 때 아니니?"

"그래, 그 동안 사느라고 정신없어서 친구들 얼굴 한 번 못 보고 살았잖아."

"그럼 이달부터 세 번째 토요일마다 우리 동창 모임 갖는 거다. 알았지?"

그렇게 해서 K여고 동창 모임이 시작되었다. 여고를 졸업한 지 25년 만의 일이었다.

텔레비전에서 인기 있는 연예인이 출연해 이제는 얼굴조차 가물가물한 초등학교 동창들을 찾아서 "반갑다, 친구야!" 하고 외칠 때마다 괜히 가슴이 뛴다는 미정의 전화 수다로 시작된 동창 모임이었다.

크리스마스를 며칠 앞둔 어느 날, K여고 동창들은 종로 한복판으로 모여들었다.

그 동안 간혹 얼굴을 보면서 살았던 친구들도 있지만, 여고 졸업한 후에 처음 보는 친구도 많았다. 숙경, 연하, 세실, 정님, 종선, 경희, 미림, 시혜, 정현, 모두 10명이 모였다. 미정이 연락을 한 친구 중 미국에서 살다 돌아온 옥영만 참석하지 않은 셈이었다.

모두 사는 형편도 어느 정도 괜찮고, 남편들도 다 사회에서 한자리 하고, 자식들도 이미 대학에 진학해서 여러 모로 여유가 있었다.

"넌 어쩜 그렇게 하나도 안 변했니? 너한테 교복만 입혀놓으면 영락없이 여고 시절 네 모습 그대로일 거야."

"그런 소리 마라. 내 얼굴에 주름살이 고랑을 이룬다. 사업한답시고 일만 벌이는 남편 때문에 하루도 맘 편하게 산 적이 없었어."

"남편이 속썩이는 것은 그래도 참을 만하지. 나는 남편은 아무 문제 없는데 시집 식구들 때문에 절로 죽는다. 시누이, 시동생, 나 괴롭히자고 태어난 사람들처럼 돌아가면서 속썩이더라."

외롭게 자라서 제사 많은 남편 집안이 좋다면서 제일 먼저 시집갔던 정현이 시집 식구 흉을 한바탕 늘어놓았다. 그러자 그 옆의 시혜가 나섰다.

"나이를 먹으면 남자들도 여성 호르몬을 분비한다더니 그 말이 맞나 봐. 젊어서 얼굴 반반한 여자만 보면 모두 제 여자인 줄 알고 설쳐대던 우리 남편이 요즘은 나밖에 모른다니까."

학교를 졸업한 지 벌써 25년. 친구, 선생님에 대한 공통 화제는 추억을 되새기는 영화의 한 장면처럼 짧게 등장했을 뿐이었다. 대신 각자 결혼하고 살아온 세월이 테이블의 화젯거리였다. 남편, 시집 식구, 자식…….

"남편이건 시집 식구건 속을 썩이면 속상하고 화나는 것으로 끝나잖아. 그렇지만 자식이 속썩일 때는 하늘이 다 무너지는 것 같더라. 우리 큰놈이 정신 안 차렸다면 나 동창회도 못 나왔을 거야. 너무 창피해서."

자식 이야기는 얼마 전에 벌써 첫 손주를 보았다는 세실의 이야기로 시작되었다.

"고등학교도 졸업하기 전에 장가를 가겠다는 거야. 고 3때 학교도 안 가고 여자애만 만나러 가는데, 정말 저 애 인생은 끝났구나, 했다니까. 학교 반장만 도맡던 놈이 과외 선생으로 들어온 여대생한테 빠져서 정신을 못 차리는데, 어떻게 할 방법이 있어야지."

세 살이나 위인 과외 선생이 다행히 참한 아가씨였고, 대학에 진학하면 사귀는 거 허락하겠다고 약속하자 그때부터 아들은 죽기 살기로 공부해서 명문 대학에 합격했다는 것이다.

"2년 전에 아들 며느리 모두 영국으로 유학 보내서 그곳에서 학교 다니고 있어. 며느리는 박사 코스 밟는 중이야."

세실의 아들 자랑이 물꼬를 텄고, 친구들은 앞다투어 자식 자랑을 시작했다.

“우리 애는 중학교 3학년 때 미국으로 보냈잖아. 기숙사 생활이 낯설었을 텐데도 워낙 붙임성이 좋은 편이라 금방 적응하더라. 한 학기 지나자 전체 수석을 해서 우리 남편하고 내가 얼마나 좋았는지 몰라.”

“우리 애가 서울대 입학했다는 소문이 아파트 단지에서 쫙 퍼지니까 너도나도 과외를 해달라는 거야. 할 수 없이 시작했는데, 지 용돈벌이 정도려니 했지. 그런데 저번에 저금통장을 보여주는데, 세상에 맙소사, 글쎄 나도 만져본 적이 없는 큰돈이 저금되어 있는 거야. 돈 모아서 유학 가겠다고, 과외비 받아서 한 푼도 안 쓰고 모았단다.”

“방학 때만 되면 우리 애는 그날로 보따리를 싸. 그리고 꽃동네로 들어가는 거야. 방학 내내 꽃동네에서 봉사 활동을 하다가 방학 끝나기 전에 돌아와. 잘 먹지도 못하고 힘들게 일만 해서 살이 많이 빠졌겠다 싶었는데, 오히려 정반대더라고. 얼굴이 뽀얘져서 돌아온다니까. 좋은 일 한다고 생각하면 마음이 편안해서 얼굴에 근심 걱정이 앉을 틈이 없나 봐."

"우리 딸애는 대학 졸업하자마자 항공 회사에 취직했잖아. 국제선을 타는데 가끔 나도 데리고 가. 딸 덕분에 안 가본 나라가 없어."

한결같은 자식 자랑은 식당을 나와 맥주와 커피를 파는 카페로까지 이어졌다.

그러다 문득 아직껏 나타나지 않은 옥영 이야기로 옮겨갔다.

"그 애는 미국에서 남편 뒷바라지만 하고 왔니?"

한 친구가 옥영에 대해 가장 잘 알고 있는 미정에게 물었다.

"나도 잘 몰라. 간혹 국제 전화를 하기는 했지만 정말 이상한 애였어. 그 애가 먼저 전화한 적은 한 번도 없었다니까. 항상 내가 전화해."

"여고 졸업하고 가난한 살림 꾸리느라 서른 훨씬

넘어서 결혼했다면서?"

"뒤늦게 대학 졸업하고 고등학교 선생으로 있다가 남편 만나서 미국으로 들어간 것밖에 몰라. 통화해도 가벼운 이야기만 하지 속사정 이야기는 통 안 하거든. 미국에서 남편 사업이 잘 안 되니까 한국으로 들어왔다고 하던데 나도 아직 못 만나봤어."

"애는?"

"아들 하나 있다더라. 결혼해서 도무지 임신이 안 돼서 친정 엄마가 좋다는 약은 다 해서 보낸 모양이야. 그 애가 폐가 좀 안 좋았는데, 그래서 애가 안 생겼나 봐. 뒤늦게 아들을 얻었다고 하더라."

"그 애 성격이 학교 다닐 때도 깍쟁이 같았잖아. 늦게 결혼해서 자식도 늦게 봤으니 그 자식을 얼마나 깔끔하게 잘 키웠을지 안 봐도 훤하다."

그때 미정의 휴대폰이 울렸다.

"옥영이 그 애도 양반은 못 된다. 자기 말 하는 줄 어떻게 알고 전화가 오네. 바로 앞에 와 있댄다. 우리 여기 있다고 알려줬으니까 금방 올 거야."

미정의 말이 끝나기가 바쁘게 카페 문이 열렸다. 그리고 조금 마른 편인 여자가 아이 한 명을 데리고 나타났다.

"어머, 저 애가 옥영이야?"

"어쩜 저렇게 말랐니?"

"나이 든 것 좀 봐. 우리보다 열 살은 더 많아 보인다."

친구들은 수수한 옷차림을 하고 나타난 옥영을 보고 모두 눈을 휘둥그레 떴다. 학교 다닐 때는 그래도 통통한 편이었는데 지금 옥영의 모습은 오십 대라고 해도 믿을 만큼 마르고 늙어 있었다.

"미안해. 우리 애가 레슨 받는 날이었거든. 대학 교수님한테 레슨을 받는데 그분이 토요일에만 우리 애를 봐주셔. 오늘도 레슨 받고 오느라고 늦었어."

옥영은 친구들을 보며 활짝 웃었다. 웃는 모습은 밝고 편안했다.

"미국 생활이 힘들었니? 얼굴 표정은 퍽 밝고 편안한데 왜 그렇게 늙었어?"

"길거리에서 보면 못 알아보겠다. 네가 옥영이라는 생각은 꿈에도 못 하겠어."

친구들은 뒤늦게 나타난 옥영을 반겼다.

"우리 아들 이정환. 이제 열두 살이야. 피아노를 4년째 배우는데 실력이 꽤 좋아."

옥영은 아이를 자랑스럽게 소개했다.

"정말 귀엽게 생겼네."

"학교 다닐 때 옥영이 네 모습과 어쩜 그렇게 닮았니?"

"피아노 친다고? 너는 자식 조기 교육을 제대로 시키는구나."

친구들은 모두 한 마디씩 했다.

그런데 아이 표정이 이상했다. 눈의 초점이 정확하지 않았다. 옥영이 자리에 아이를 먼저 앉히고 그 옆에 앉았다.

"실은 우리 아이는 앞이 안 보여. 어려서 시력을 잃었어."

그 말에 친구들은 서로 할 말을 잃고 말았다.

"남편이 사업에 실패해서 한국으로 돌아왔는데 살 집 한 칸도 장만할 수 없었어. 처음에는 모든 것이 암담하기만 하더라. 특히 우리 애가 가장 큰 걱정이었어. 미국처럼 장애인을 위한 교육 시설이 잘 되어 있는 것도 아니고."

옥영은 아이 손을 꼭 잡은 채로 담담하게 말했다.

"어쩜, 우린 까맣게 몰랐어."

"기집애, 그런 일을 왜 한 마디도 안 했어?"

"대학 교수님한테 레슨을 받으려면 레슨비가 이만저만 비싼 게 아닐 텐데 어떻게 감당하니?"

친구들이 모두 한 마디씩 했다.

"세상은 참 살 만하다는 생각을 해. 그분이 우리 애를 무료로 가르쳐 주시거든."

"다행이다. 정말 고마운 분이구나."

"적은 돈이라도 드리고 싶은데 절대 안 받으셔. 나중에 이 애가 잘 되면 그때 받겠다면서."

말하다 말고 옥영이 미안한 표정을 지었다.

"내 몸에서 이상한 냄새 나니?"

"무슨 냄새? 아무 냄새도 안 나는데?"

"전철 타고 오는데 어떤 아가씨가 내 옆에 앉아 있다가 날 피해 다른 데로 가더라고. 내 몸에서 냄새가 나서 그러는 줄 알았어. 실은 교수님이 너무 고마워서 뭐든 드리고 싶어도 드릴 게 없잖아. 그래서 갈 때마다 청국장을 띄워서 갖다드리거든. 된장, 고추장 같은 것도 갖다드리고. 오늘은 배추김치를 담가다가 드렸어. 그래서 내 몸에서 김치 냄새가 나나 싶었어."

옥영이 말하는 동안 친구들은 눈시울을 적셨다.

"정말 몰랐어. 네가 그렇게 고생하고 사는 줄은."

"고생하지 않아. 나는 우리 애가 세상에서 가장 소중해. 가장 소중한 내 아들을 위해서 뭔가 해줄 수 있다는 것만으로도 행복할 뿐이야. 실은 너희들한테 우리 아들 자랑하고 싶어서 왔어."

그렇게 말한 옥영은 카운터로 가서 주인 여자와 무슨 이야기를 주고받았다. 주인 여자는 크게 고개를 끄덕이며 활짝 웃었다.

"우리 애가 피아노를 연주해도 되냐고 물었더니 주인 아주머니가 허락하셨어."

옥영은 그렇게 말하고는 아이 손을 이끌었다.

"엄마 친구들을 위해서 네가 연주해 줄래? 그러면 엄마가 아주 많이 행복할 거야."

옥영의 말에 아이는 방긋 웃으며 자리에서 일어났다.

"오늘 교수님 앞에서 친 곡을 연주할게요."

아이는 옥영 손을 잡고 피아노 앞으로 가 앉았다. 그리고 숨을 가다듬었다. 잠시 후, 부드러운 선율이 카페 안을 울리기 시작했다.

한 곡이 끝난 뒤, 아이 목소리가 마이크를 통해 흘러나왔다.

"다음에는 어머니 은혜를 들려드릴게요. 우리 엄마가 가장 좋아하는 곡이에요. 저도 좋아하는 곡이고요. 우리 엄마가 없었다면 저는 세상에서 가장 불행한 아이였을 거예요. 하지만 엄마 덕분에 저는 세상에서 가장 행복한 아이예요."

아이는 천천히 건반을 두드리기 시작했다. 그리고 나직이 노래를 불렀다.

"나실 때 괴로움 다 잊으시고……."

아이의 노래를 들으면서 친구들은 손수건으로 눈물을 닦았다.

한 친구가 옥영의 손을 잡고 부드럽게 말했다.

"우리 친구 중에 네가 가장 성공했구나. 정말 아들을 잘 키웠어."

어머니는 하늘로부터 아주 큰 특혜 하나를 받고 삽니다. 자식을 키우면서 좀더 철이 들어가는 것입니다. 그것은 억만금을 준다 해도 절대 얻을 수 없는 소중함입니다. 그래서 마흔 살 노처녀보다 스무살 어머니가 훨씬 더 지혜롭고 현명하게 마련입니다. 어머니가 되지 못하고 끝내 여자로 살아가야 된다면 그 사람은 신의 축복을 전혀받지 못한 존재입니다.

열한 번째 이야기

여동생과 새엄마

"오빠, 내가 주는 선물! 내가 제일 아끼는 화분이야.
난 오빠가 생겨서 진짜 좋아."
여자아이가 화분을 내밀었다.
남자아이는 화분을 집어던지며 소리쳤다.
"너희 집 가! 너네 집으로 꺼지란 말야!
여기는 우리 엄마, 아빠하고 나만 사는 곳이야!"
"네가 아무리 그래도 우리 아빠는 내 거야!"
"너도 네 아빠 있잖아. 너 도둑이야? 왜 우리 아빠를 뺏으려고 해?"
남자아이는 여자아이에게 마구 화를 냈다.
"오빠, 난 아빠가 없어."
여자아이는 바보처럼 흐느껴 울며 간신히 말을 했다.

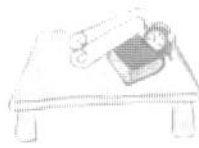

남자아이는 요즘 불만이 많다. 새엄마와 새엄마가 데리고 들어온 여자아이 때문이었다.

남자아이 엄마는 몇 년 전에 세상을 떠났다. 아빠와 단둘이 살았지만 그런대로 즐거웠다.

아빠는 엄마의 빈 자리를 채워주려고 노력했고, 남자아이는 아빠를 즐겁게 해주려고 일부러 재롱을 떨거나 서툰 솜씨로 음식을 만들기도 했다.

그런데 며칠 전이었다. 아빠 자동차 소리가 들려 밖으로 뛰어나갔던 남자아이는 우뚝 멈춰 서고 말았다. 아빠 차의 뒷자리에서 낯선 아줌마와 여자아이가 내렸던 것이다.

"인사드려라. 새엄마다. 그리고 이 아이는 오늘부터 네 여동생이란다."

아빠는 어리둥절한 표정을 짓고 서 있는 남자아이에게 말했다.

"반갑다. 앞으로 우리 잘 지내자."

아줌마가 남자아이 머리를 쓰다듬었다.

"아줌마는 누구세요?"

남자아이는 차가운 시선으로 쏘아보았다.

아직도 엄마 사진이 책상 위에 있는데, 낯선 아줌마를 엄마라고 부를 수는 없었다.

새엄마는 엄마가 쓰던 물건을 버리지 않았다. 망가진 식탁도 잘 고쳐서 위에 예쁜 천을 깔았다. 그런데도 남자아이는 모든 것이 싹 변한 것만 같아서 속이 상했다.

새엄마가 데리고 온 여자아이는 눈치 없이 남자아이 뒤를 졸졸 따라다녔다.

"오빠, 내가 주는 선물! 내가 제일 아끼는 화분이

야. 난 오빠가 생겨서 진짜 좋아.”

여자아이가 화분을 내밀었다.

남자아이는 화분을 집어던지며 소리쳤다.

“너희 집 가! 너네 집으로 꺼지란 말야! 여기는 우리 엄마, 아빠하고 나만 사는 곳이야!”

“네가 아무리 그래도 우리 아빠는 내 거야!”

“너도 네 아빠 있잖아. 너 도둑이야? 왜 우리 아빠를 뺏으려고 해?”

남자아이는 여자아이에게 마구 화를 냈다.

“오빠, 난 아빠가 없어.”

여자아이는 바보처럼 흐느껴 울며 간신히 말을 했다.

그렇지만 여자아이 일기장에는 하루도 빠짐없이 남자아이 이야기가 적혀 있었다.

아직은 오빠가 나하고 놀아주지 않는다. 엄마는 오빠가 마음이 아파서 그런다고 했다. 나는 나중에 어른이 되면 의사 선생님이 될 거다. 의사 선생님이 되어 오빠 마음을 낫게 해주고 싶다.

오빠는 참 재미있는 성격이다. 장난도 심하다. 앞으로 친해지면 굉장히 신날 것 같다.

오늘도 오빠는 내가 좋아하는 튤립 이파리를 모두 떼서 집 안에 온통 뿌려놓았다. 공원에 있는 꽃밭에서 꺾어온 꽃 같았다. 오빠가 지금은 튤립을 싫어하지만 언젠가는 나처럼 제일 예쁜 꽃이라고 생각할 것이다.

그러나 남자아이는 여자아이를 괴롭히는 일을 멈추지 않았다. 신발주머니를 쓰레기통에 버리거나, 낮잠 자는 여자아이 머리카락에 껌을 붙여놓거나, 사인펜으로 얼굴에 낙서를 하기도 했다.

그네를 타며 노는 여자아이를 세게 밀어 모래 위로 떨어뜨리기도 했다. 여자아이는 무릎이 깨졌지만 울지 않았다. 아픔을 참느라 고개를 푹 숙일 뿐이었다.

"학교에서 뛰어오다가 넘어졌어요."

집에 돌아와서도 여자아이는 그렇게 말했다.

"흥, 너 연극 아주 잘한다. 나중에 연극 배우 하면 되겠네."

남자아이는 여자아이를 비웃었다.

그 다음날, 수업 시간에 선생님이 아이들에게 물었다.

"동생은 어떻게 태어나지요?"

그 말에 남자아이가 제일 먼저 손을 들었다.

"우리 아빠 자동차에서 나와요. 아빠 자동차의 뒷자리에서 나온다고요!"

남자아이는 그렇게 말해놓고 책상에 엎드려 엉엉 울고 말았다. 부끄러운 줄도 몰랐다.

그날 오후에 남자아이는 운동장에서 친구들과 축구 경기를 했다. 한참 축구를 하고 있는데 요란한 소리가 들렸다.

"우리 오빠 이겨라! 우리 오빠 이겨라!"

성격이 활달한 여자아이가 친구들까지 끌고 와서 남자아이를 응원하고 있었다.

"저게 까불고 있어. 오늘 넌 죽었다!"

남자아이는 여자아이 쪽을 향해 뻐엉, 축구공을 날렸다. 공은 빠르게 여자아이 쪽을 향해 날아갔다.

하지만 교무실 유리창이 와장창 깨지고 말았다.

"어느 녀석이야!"

호랑이 선생이 뛰어나왔다.

"제가 그랬어요. 다른 애들은 아무 잘못 없어요."

남자아이는 도망치지 않고 사실대로 말했다.

"유리창 깬 것이 무슨 자랑이냐? 그럼 자랑스럽게 벌도 받을 수 있겠구나."

남자아이가 벌을 받는 동안 여자아이도 집으로 돌아가지 않고 옆에 서 있었다.

"잘못했다고 해. 다리 아프잖아. 응?"

"너만 공에 제대로 맞았어도 교무실 유리창이 안 깨졌잖아!"

남자아이는 씩씩대며 소리쳤다.

"집에 가서 아빠한테 일러줄 거야."

"죽을 때까지 우리 아빠는 너네 아빠가 아냐! 왜 남의 아빠를 훔쳐가? 이 도둑아!"

남자아이는 계속 소리를 질렀다. 여자아이는 눈물이 그렁그렁한 채 남자아이를 노려보다가 뒤돌아섰다. 하지만 그것으로 그만이었다.

이튿날도 여자아이는 수업이 끝나기 바쁘게 남자아이 교실로 뛰어왔다.

"우리 오빠 어딨어?"

여자아이는 반 아이들에게 방글거리며 물었다.

"네 새엄마 딸이니?"

"너네 아빠 자동차 뒷자리에서 태어난 여동생 맞지? 되게 귀엽다."

아이들은 남자아이를 놀려댔다.

"너희들 계속 약올리면 가만 안 둘 거야!"

남자아이는 교실까지 찾아온 여자아이도 미웠지만 놀려대는 친구들이 더 미웠다.

"엄마, 왜 빨리 죽었어? 나한테 다시 돌아오면 안 돼? 엄마, 다시 돌아와, 응?"

남자아이는 공원에서 오랫동안 울었다. 울다 집으로 돌아오면 새엄마는 말없이 남자아이를 다독여 주었다.

그렇지만 남자아이는 싸늘하게 피했다.

아빠가 남자아이를 조용히 불렀다.

"네가 자꾸 그러면 아빠가 몹시 괴롭단다. 아빠를 위해서라도 조금만 양보하면 안 될까?"

"아빠도 행복하게 살 권리가 있다고 생각하지 않니? 불행하게 살길 바라진 않지?"

"네가 원한 것처럼 너하고 나하고 둘이서만 살면 행복할까? 그러면 엄마가 좋아하실까?"

아빠가 타이르는 동안 남자아이는 주먹을 꼭 쥐고 눈물을 참았다. 엄마가 아파서 누워 있는 동안 가장 힘든 사람이 아빠였다는 것을 남자아이는 잘 알고 있었다. 엄마는 고생만 하는 아빠한테 미안해서 더 빨리 하늘나라로 떠났는지 모른다.

다음날은 비가 주룩주룩 내렸다. 남자아이는 교실에 앉아 멍하니 창밖을 내다보았다. 수업이 끝나고 아이들이 모두 집으로 돌아갔지만, 남자아이는 텅 빈 교실에 오래도록 남아 있었다. 우산이 없어서만은 아니었다. 엄마가 살아 있을 때, 남자아이는 비 오는 날이 좋았다. 엄마가 항상 우산을 들고 학교까지 마중을 왔기 때문이다.

엄마……. 남자아이는 유리창에 크게 써 보았다.

비는 좀처럼 그칠 것 같지 않았다. 남자아이는 터덜터덜 운동장으로 걸어 나왔다.

"오빠!"

여자아이가 우산을 쓰고 교문 앞에 서 있었다.

"내가 교실에 오는 거 싫어하잖아. 그래서 여기서 오빠 기다리고 있었어."

여자아이 옷이 많이 젖어 있었다. 입술도 파랗고, 덜덜 떨고 있는 것으로 보아 오랫동안 서서 남자아이를 기다린 모양이었다.

"이리 내놔!"

남자아이는 여자아이 손에 들린 우산을 거칠게 뺏었다. 여자아이와 함께 우산을 쓰고 집으로 돌아가긴 죽어도 싫었다.

빗줄기가 더욱 굵어지고 있었다. 그러나 남자아이는 집에 도착하도록 뒤를 돌아다보지 않았다. 여자아이가 비를 맞거나 말거나 알 바 아니라고 생각했다.

다음날은 일요일이었다. 늦잠을 자고 일어난 남자아이는 집에 아무도 없는 것이 이상했다. 아빠도 안 보이고, 새엄마, 여자아이도 안 보였다.

“치, 나만 빼놓고 산책 나갔구나. 그런다고 내가 아쉬워할 줄 알아?”

남자아이는 냉장고 문을 열려다가 문에 붙어 있는 쪽지를 발견했다.

인아가 아파서 병원에 간다. 혹시 배가 고프거든 빵하고 우유 먼저 먹으렴. -엄마가

어제 비를 너무 맞아서 여자아이가 감기에 걸렸나 보다. 밤에 콜록콜록 기침하는 소리가 들렸지만 병이 난 줄은 몰랐다.

남자아이는 여자아이 방으로 슬그머니 들어가 보았다. 벽에 여러 장의 그림이 붙어 있었다.

안경을 쓰고 방긋 웃는 얼굴 밑에는 ‘우리 아빠’라는 글씨가 쓰여 있고, 노란 한복을 입은 얼굴 밑

에는 '우리 엄마' 라고, 짧은 머리에 두 눈이 동그란 얼굴 밑에는 '우리 오빠' 라고 쓰여 있었다. 여자아이 얼굴만 없었다.

남자아이는 일기장도 펼쳐 보았다.

비가 왔다. 엄마가 오빠에게 우산을 갖다 주라고 했다. 하지만 교실에 들어가지 못했다. 오빠가 싫어할까 봐 밖에서 기다렸다. 오빠랑 떡볶이를 사먹으려고 엄마한테 돈을 달래서 갖고 갔는데, 오빠가 혼자서 먼저 집으로 가버렸다. 집에 돌아와 보니 돈이 흠뻑 젖어 있었다.

밖에서 문 열리는 소리가 들려왔다.

아빠가 여자아이를 업고, 새엄마는 그 뒤를 따라 안으로 들어왔다.

"비를 많이 맞아서 감기가 심하게 들었다는구나. 약 먹고 한잠 푹 자고 나면 괜찮을 거란다."

새엄마는 남자아이에게 그렇게 말했지만 얼굴은 울 것 같은 표정이었다.

여자아이는 하루 종일 잠만 잤다.

"자기가 무슨 백설공주야? 계속 잠만 자게."

남자아이는 툴툴대면서도 은근히 여자아이가 걱정스러웠다. 그러다 영영 안 일어나면 어떡해.

밤이 되어도 여자아이는 깨어나지 않았다. 간신히 약만 먹었을 뿐이다. 남자아이는 책상 앞에 앉아 흘끔흘끔 여자아이 방을 기웃거리고는 했다. 그러다 도화지를 꺼내 커다랗게 얼굴 하나를 그렸다.

남자아이는 그림을 아주 잘 그렸다. 금방 활짝 웃는 여자아이 얼굴을 그려놓았다. 입과 코도 예쁘게 그리고, 귀와 머리도 예쁘게 그렸다. 머리에는 별 모양의 핀도 그렸다. 여자아이 머리에 항상 꽂혀 있는 별 모양 핀이었다.

아침 일찍 잠에서 깬 남자아이는 살그머니 여자아이 방으로 들어갔다. 여자아이는 아직도 깊은 잠에 빠져 있었다. 남자아이는 '우리 오빠'라고 쓰인 그림 옆에 여자아이 그림을 붙였다. 그리고 그 밑에 또박또박 힘주어 글씨를 썼다.

'우리 동생'

바깥에서 발자국 소리가 들려왔다.

"네가 약 좀 먹일래? 아까 미음을 조금 먹었으니까 지금 약 먹으면 될 거야."

새엄마는 남자아이에게 약 봉지와 물컵을 건네주며 말했다.

"우와, 이걸 어떻게 다 먹어."

남자아이는 뚱뚱한 약봉지를 난감하게 바라보다가 재빨리 쓰레기통에 버렸다.

남자아이는 집을 나와 공원 꽃밭까지 쉬지 않고 달렸다. 헉헉 숨을 몰아쉬며 달렸다.

꽃밭에는 꽃들이 아주 많았다. 남자아이는 탐스럽게 핀 꽃들을 골라 꺾기 시작했다. 여자아이가 가장 좋아하는 튤립을 많이 꺾었다.

"너, 이 녀석! 거기서 뭐 해?"

누군가 꽥 소리를 질렀다. 공원 관리 아저씨였다.

"아저씨 죄송해요! 우리 동생이 아프거든요."

"동생이 아프면 약을 사다 줄 것이지 왜 여기 꽃을 꺾는 거야!"

"우리 동생 감기약이 바로 이 꽃이란 말예요!"

남자아이는 큰소리로 말하고 후닥닥 달아났다.

집에 도착해 보니 여자아이는 아직도 깨어나지 않았다. 얼굴에 핏기가 하나도 없었다.

"미안해……."

남자아이는 여자아이 머리맡에 꽃을 내려놓았다. 그런 뒤에 일기장을 펼쳤다.

오빠가 지어주는 감기약이야. 이 감기약으로 얼른 나아야 해. 그러면 이 오빠가 그네도 태워주고 너랑 같이 놀아줄게. 내가 축구할 때 네가 응원해 주면 멋지게 골도 넣을 거야.

남자아이는 연필에 힘주어 그렇게 썼다. 그리고 마지막에 덧붙였다.

실은 나도 너처럼 귀여운 여동생이 생겨서 정말 기뻐. 아빠 말고 가족이 생겨서 정말 좋아. 이건 장난이 절대 아니야. 진짜 진짜야.

자식들은 부모님이 어머니, 아버지로만 살아야 된다고 여깁니다. 여자의 삶, 또는 남자의 삶을 살아야 된다는 것을 전혀 생각하지 않습니다. 자식을 위해서는 모든 것을 희생하고 베풀어야만 된다고 여깁니다. 그래서 혹여 부모님이 자식보다 자신의 삶을 먼저 생각하면 서운하다고 생각합니다. 부모님도 자식의 이해와 사랑을 필요로 한다는 것을 생각해야 합니다.

열두 번째 이야기

사춘기를 겪는 아버지와 아들

"자식은 아무리 말썽을 부려도 부모만은 자기를 믿어주길 바라죠.
세상 모든 사람들이 나를 다 믿지 않지만
우리 부모님은 나를 믿어준다고 생각한다면
그 애는 언젠가는 정신을 차려요.
그런 믿음이 없으면 영원히 그 길을 못 빠져 나올 수도 있어요.
문제를 일으키는 아이들이 제일 싫어하는 말이 뭔지 아세요?
바로 선배님이 하신 말씀입니다.
'제발 고등학교만이라도 졸업해다오.' 그 말 말입니다.
그건 부모인 나는 너를 절대 안 믿는다, 그 뜻이거든요."

씨이잉, 바람이 유난히 차가웠다.

코트 사이로 차가운 바람이 날카로운 송곳처럼 파고들었다. 손이며 다리, 얼굴이 따끔따끔 아플 정도였다.

이 추위는 지금 처음 느끼는 것이 아니었다. 학교를 찾아가 조영이 담임을 만나고 나올 때도, 취직을 부탁하러 친구 회사를 찾아갈 때도 송곳에 찔리는 것 같은 추위를 느끼곤 했다.

조영이 담임을 만난 것은 오늘이 세 번째였다.

처음에는 친구끼리 술을 마시다 걸렸을 때고, 두

번째는 담배를 피우다 걸렸을 때였다.

이번에는 수업에 들어오지 않고 친구들과 오락실에서 놀다 걸렸다고 했다.

"조영이가 워낙 찍힌 사건이 많아서요. 제가 보호할 수 있는 한계를 넘었어요. 학부모님들 항의가 이만저만이 아닙니다."

조영이 담임은 대학 후배였다. 얼굴도 모르는 선배인데도 깍듯하게 대했다.

"조영이는 아주 쉽게 마음을 잡을 아이예요. 기회만 있으면 금방 바뀔 겁니다."

나는 아무 말도 할 수 없었다. 돈이 없어서 학원 보낼 처지도 아니었고, 엄마가 없으니 아이를 제대로 챙겨줄 형편도 못 되었다.

나는 떡볶이집 앞에서 주머니를 만지작거렸다. 주머니 안에는 삼천 원이 들어 있었다.

이 돈은 내일 일자리를 알아보러 다니려면 차비로 남겨둬야 할 것 같았다. 하지만 나는 떡볶이 집 앞으로 다가갔다.

"이천 원어치만 싸주세요."

"어묵을 많이 넣을까요?"

떡볶이를 싸며 아낙이 물었다. 나는 그냥 고개만 끄덕였다. 조영이가 떡볶이를 좋아하기나 하는지, 그리고 떡볶이에 들어 있는 어묵을 좋아하는지 어떤지 아무것도 모르고 있었다.

'참 무심한 아빠였구나.'

문득 그런 생각이 들었다.

한 번도 조영이에게 이런 군것질거리를 사다준 적이 없었다. 거의 매일 늦은 시간에 들어가면서도 그 흔한 과일 한 번 사지 않았다.

어머니가 조영이를 잘 챙겨주시기 때문에 일부러 챙길 필요가 없기도 했지만, 내가 들어갈 시간쯤이면 조영이는 깊은 잠에 빠져 있고는 했다.

부자지간에 얼굴을 보는 시간이 거의 없었다. 내가 아침에 눈을 떴을 때는 조영이는 이미 학교에 간 뒤였다. 그리고 일요일이면 친구들과 쏘다니느라 얼굴 한 번 볼 수가 없었다.

"아무 소리 마라. 그 어린 것 속인들 편하겠냐?"

어머니는 내가 뭐라고 야단이라도 칠세라 조영이를 감싸고 돌았다.

그렇지만 조영이는 할머니도 미워했다. 애써 싸 놓은 도시락도 챙겨가지 않았다. 설령 가져갔어도 손 하나 대지 않고 그대로 갖고 오기 일쑤였다.

"이 나쁜 자식! 할머니한테 버릇없이 구는 자식은 자식도 아니다!"

"그게 어때서요!"

어느 날, 내가 야단을 쳤을 때 조영이는 고개를 빳빳이 들고 덤볐다.

원래 착하고 조용한 아들이었다. 초등학교 때는 반장을 도맡을 정도로 모범생이었다. 하지만 아내와 이혼 후, 아들은 하루가 다르게 변했다.

"아버지가 엄마 버렸어요. 할머니하고 엄마가 아무리 사이가 나빠도 아버지가 막았어야죠. 엄마가 뭐랬는지 알아요? 저더러 나중에 장가가면 아내하고 엄마 사이가 나쁘거든 무조건 아내 편을 들어주래요. 정말 아내가 잘못했으면 모를까 절대 엄마 편 들어주지 말래요. 그리고 방에 들어가서 아내한테 무엇을 잘못했고, 무엇을 잘했는지 타이르면 그 다음부터는 엄마한테 더 잘하려고 노력할 거라고요. 엄마는 자식이 잘못해도 시간이 지나면 다 이해하고 용서하지만, 아내하고 남편은 남남이라서 가슴에 미움이 쌓이기 시작하면 언젠가는 폭발한다고요. 엄마가 왜 그런 말을 했겠어요?"

조영이 말에 나는 깜짝 놀라고 말았다. 착하고 조용하던 녀석 입에서 어떻게 저런 말이 쏟아져 나올까, 믿을 수 없었다.

그 애 말이 틀렸다고만은 할 수 없었다. 하지만 내 입장에서는 어쩔 수 없는 일이었다.

어머니는 청상이 되어 나를 키웠다. 보따리 장사부터 길거리에서 붕어빵 장사까지 안 해본 것 없이 돈을 벌어 내 뒷바라지를 했다.

어머니의 바람은 오직 내가 잘 되는 것뿐이었고, 나는 어머니 기대를 저버리지 않았다. 쉽게 대학에 합격했고, 대기업은 아니지만 알아주는 회사에 당당히 입사해서 착실한 가장 노릇을 했다.

그렇지만 아내와 결혼한 뒤, 우리 집의 평화는 깨지고 말았다.

내가 회사에 출근할 시간이면 어머니가 가방을 들고 현관 앞에 서 있고는 했다. 엘리베이터까지 따라 나와서 내 양복에 묻은 티를 털어주는 것도 어머니였다.

내 와이셔츠를 빨아 다리고, 내 양복을 손질하고, 내가 먹을 음식을 장만하는 것도 어머니였다.

어머니는 내가 늦게 들어와 와이셔츠를 벗어놓으면 밤새 그 와이셔츠를 빨고 다려놓았다.

다음날이면 나는 새 옷처럼 손질된 와이셔츠를 입고 출근할 수 있었다.

감기를 앓은 뒤면 나는 어머니가 만든 물김치가 가장 먹고 싶었다.

"엄마, 물김치 먹고 싶어요."

내가 응석을 떨듯 그렇게 말하면 어머니는 만사

를 제쳐놓고 물김치를 담갔다.

나는 그런 어머니가 자랑스러웠다.

"당신은 정말 복도 많은 여자야. 남편은 튼튼한 직장 다니면서 건실하겠다, 시어머니는 당신 손에 물 한 방울 안 묻히게 집안 살림 다 봐주시겠다, 정말 시집 하나는 잘 왔지?"

결혼해서 얼마 동안은 그런 말을 하면 아내는 말없이 고개만 끄덕였다.

나는 아내가 너무 행복하고 고마워서 대답을 생략하는 거라고 생각했다.

내 봉급을 관리하는 사람은 당연히 어머니였고, 아내는 어머니한테서 생활비를 타서 쪼개 썼다.

하지만 조영이가 점점 자라자 아내가 월급봉투를 직접 관리하겠다고 나섰다.

"이제 조영이도 학원에 보내야 해요. 그러려면 어머니한테 타 쓰는 푼돈으로는 어림없어요."

그렇게 시작된 아내의 반란은 급기야 고부간의 지독한 미움으로 발전했다. 아내는 가정을 꾸리는 일 모두를 차지하려 했고, 어머니는 세상을 다 잃은 것처럼 서운해 했다.

나는 아내가 잘못했다고 여겼다.

"어머니는 오직 나 하나 보고 살아오셨어. 그런 분이니까 아들에 대해서는 뭐든지 다 독차지하고 싶어하는 것은 당연하지 않겠어? 어머니가 돌아가신 뒤에 당신이 모두 차지해도 늦지 않잖아."

우리 부부 싸움은 남들과 달랐다. 남들은 세간도 때려부수고 소리도 지르면서 요란하게 한바탕 싸우는 모양이지만 우리는 몇 마디 말이 전부였다. 그 다음에는 지독한 침묵의 시간이 지속되었다.

결국 그 침묵은 이혼으로 이어졌고, 아내는 이혼 후 미국에 사는 친정으로 가버렸다.

"위자료는 한 푼도 달라고 안 할게요. 제발 조영이만 데려가게 해줘요. 내가 데려가 키운다고 해도 그 애는 박씨 집안 아들이에요. 내가 잘 키워서 보내줄게요."

아내는 울면서 매달렸지만 나는 조영이를 아내에

게 보낼 수가 없었다. 핑계 같겠지만, 어머니 때문이었다. 어머니에게 조영이는 하늘이었다. 그렇게 애지중지하는 손주를 어떻게 이혼한 아내에게 보낸다는 말을 할 수 있을까.

우리 가정이 무너진 뒤, 나도 무너지고 말았다. 친구에게 보증을 서 주었는데, 그 일이 잘못되어 회사도 그만두어야 했고, 집도 내놓아야 했다. 결국 나는 어머니와 조영이를 데리고 지하 셋방으로 들어가야 했다. 당장 하루 세끼 먹는 것도 걱정해야 할 판이었다.

그 뒤로 모든 것이 꼬이기만 했다. 시작한 일마다 실패로 끝났고, 가까스로 들어간 회사는 얼마 못 버티고 문을 닫았다.

나중에는 아무리 눈을 낮추고 일자리를 찾아도 마땅한 자리가 나오질 않았다. 공사판을 기웃거리기도 했지만 힘쓰는 일을 한 적이 없는 나로서는 품삯보다 약값이 더 들었다.

처음에는 죽을 것 같았는데 시간이 지나자 이상

하게 마음이 편안했다. 아내를 힘들게 한 내 자업자득인 것만 같았다.

하지만 조영이는 심각했다. 중학교 때까지는 괜찮았는데 고등학교에 들어간 뒤부터는 자꾸만 엇나갔다.

친구들과 어울려 술을 마시고, 담배를 피우고, 패싸움을 벌였다. 하지 말라는 짓만 일부러 골라서 하는 것만 같았다.

다행히 퇴학은 당하지 않았다.

"제발 고등학교는 졸업해다오. 대학은 아무 때나 공부하고 싶을 때 할 수 있지만 고등학교는 때를 놓치면 다니기가 힘들다."

내가 조영이에게 가장 많이 하는 말이었다.

어제도 담임에게서 한 번 만나자는 연락을 받고 난 뒤 나는 조영이를 붙잡고 같은 말을 되풀이했다.

"꼴찌여도 좋으니까 고등학교는 졸업해다오. 제발 부탁한다."

어떻게 내 자식이 저럴 수가 있는가, 하는 분노보

다 그 애가 고등학교라도 졸업해 주었으면 싶었다. 그러면 공부하고 싶을 때 대학은 언제든 들어갈 수 있으니 말이다.

학교에 찾아가서 그런 말을 하자 담임은 나무라듯 말했다.

“자식은 아무리 말썽을 부려도 부모만은 자기를 믿어주길 바라죠. 세상 모든 사람들이 나를 다 믿지 않지만 우리 부모님은 나를 믿어준다고 생각한다면 그 애는 언젠가는 정신을 차려요. 그런 믿음이 없으면 영원히 그 길을 못 빠져 나올 수도 있어요. 문제를 일으키는 아이들이 제일 싫어하는 말이 뭔지 아세요? 바로 선배님이 하신 말씀입니다. ‘제발 고등학교만이라도 졸업해다오.’ 그 말 말입니다. 그건 부모인 나는 너를 절대 안 믿는다, 그 뜻이거든요.”

그 말을 듣는 순간, 나는 문득 조영의 면도칼 같은 눈빛을 떠올렸다. 그것이 반항하는 눈빛이라고 생각했는데, 아니었다. 아빠가 너무 미워서 울음이 터질 것 같으니까 울음을 참느라고 내보인 눈빛이었다.

"이제부터라도 조영이한테 친구 같은 아버지로 다가가 보세요. 선배님이 먼저 변하시면 조영이도 변할 겁니다."

담임은 나를 교문까지 배웅하며 거듭 당부했다.

떡볶이가 아주 따뜻했다. 나는 떡볶이가 식지 않도록 코트 속에 품고 집으로 향했다.

"추운데 왜 이렇게 늦은 거여?"

언제나처럼 어머니가 나를 맞이했다.

"조영이는요?"

이 시간이면 당연히 자고 있으려니 생각하면서도 그렇게 물었다.

"잔다. 너도 어서 씻고 자거라."

어머니는 내게 왜 이렇게 늦었냐고 묻지 않았다. 하지만 근심이 가득한 얼굴에는 못난 아들에 대한 걱정이 그득했다.

나는 조영이 방으로 들어갔다. 그런데 뜻밖에도 조영이는 책상에 앉아 있었다.

"아들, 웬일이신가? 주무실 시간이 훨씬 지났는데?"

나는 놀라움을 감추고 농담을 던졌다. 널찍한 조영이 등짝을 보는 순간 나도 모르게 나온 말투였다. 옛날에 조영이와 사이가 좋았을 때 그랬던 것처럼.

내가 떡볶이를 품속에서 꺼내자 조영이가 활짝 웃어 보였다.

"아빠 발자국 소리가 들리는데 떡볶이 냄새도 막 나는 거야. 아하, 떡볶이 사오셨구나, 하고 기다렸지. 진짜 내 코는 개코라니까."

모처럼 조영이는 밝은 표정으로 대꾸했다.

"오늘 아빠가 학교에 간 거 알고 있냐?"

"그럼요. 담임선생님이 아빠 후배라서 제가 이만저만 손해가 아니라고요. 오늘 저를 중국 식당으로 데려가서 어떻게 했는지 아세요? 배알까지 사주는 거 있죠? 다른 학부모들이 알면 우리 선생님 완전 모가지일 거예요."

"그래서?"

"중국 식당 가서 제가 부탁 좀 드렸죠. 고등학교 졸업할 때까지 다시는 술 입에 안 댈 테니까 오늘은 실컷 먹게 해달라고요."

"그랬더니?"

나는 어머니가 내 코앞에서 꼬치꼬치 캐물을 때처럼 조영이 말꼬리를 물고 늘어졌다.

"그러래요. 팔보채에 탕수육까지 시키고는 배알을 두 병이나 시켰어요."

"그걸 다 먹었단 말이냐?"

"근데 이상하데요. 선생님이 실컷 먹으라고 하니까 두 컵도 먹기 싫은 거 있죠. 맛이 없더라고요. 역시 술은 몰래 먹어야 제 맛인가 봐요."

"푸하하하."

나는 방바닥을 치며 웃음을 터뜨렸다. 조영이 말이 우스워서가 아니었다. 놀라워서였다. 놀라움을 감추기 위해 터뜨린 웃음이었다. 어떻게 하루 만에 아이가 이렇게 변할 수 있을까.

그리고 또 있었다. 내가 다가가기 전에 먼저 내게

로 다가온 조영이가 기특해서였다.

"야, 어떻게 그렇게 순식간에 사람이 변하냐?"

"선생님하고 얘기하면서 느낀 건데요, 아빠가 뒤늦게 사춘기를 겪고 있다는 생각이 들었어요. 내가 힘든 것처럼 아빠도 사춘기를 힘들게 겪고 있는 거라고요."

조영이 말에 나는 할 말을 잃고 말았다. 이상하게 가슴이 아프고 먹먹했다. 아주 커다란 것이 명치 끝에 매달린 것처럼 아팠다.

"그래, 아빠가 사춘기를 겪고 있었구나. 우리 아들 혼자서 겪으면 외로울까 봐 그랬나 보다."

"저도 사춘기 그만 끝낼 테니까 아빠도 이제 끝내세요."

조영이 내게 손을 내밀었다.

"짜아식, 네가 아빠보다 더 어른스럽게 굴면 나는 뭐가 되냐?"

나는 너스레를 떨면서도 조영이 손을 꼭 잡았다. 손이 따뜻했다.

"아빠, 내일 제 생일인 거 아세요?"

조영이 불쑥 말했다. 금시초문이었다.

"야, 미안하다야. 까맣게 잊었다. 인마, 네가 하도 속을 썩이니까 아빠가 제정신이 아니야."

"괜찮아요. 대신 앞으로 정신 바짝 차리고 일자리나 알아보세요. 제 걱정은 하지 마시고요. 저도 정신 차리고 공부할 테니까 아빠도 가장답게 돈버는 일에 충실하세요. 할머니가 아빠하고 저 때문에 속이 까맣게 탔을 거예요."

"그래, 그래, 알았다, 알았어. 내일부터 팔 걷어붙이고 일자리부터 찾으마."

나는 조영이 등짝을 세게 때리는 시늉을 하고는 방을 나섰다.

나는 어머니 방으로 건너갔다.

"어머니, 내일이 조영이 생일이에요?"

"소고기 넣어서 미역국 끓이려고 준비해 뒀다. 아무 걱정 말고, 어여 자."

어머니는 내가 국이라도 끓여줘야 하는데 돈이

없으니 어쩌지요, 하고 말할 줄 아셨나 보다. 아무 걱정 말라며 나를 안심시켰다.

조영이가 변한 것이 너무 놀라워서 자랑이라도 하고 싶은 마음으로 어머니 방에 들어갔는데, 어머니는 못난 자식부터 챙기시는 것이었다.

갑자기 콧등이 시큰했다.

내 자식 속썩이는 것만 염려했지, 그 동안 늙은 어머니가 나 때문에 속타고 힘들어하시는 줄은 까맣게 몰랐다.

나는 밤새 뒤척이며 잠을 못 이루었다. 어머니에게 죄송한 마음뿐이었다. 변변한 생일선물 하나 제대로 해줄 수 없다니, 조영이에게도 너무 미안했다. 운동화 한 켤레라도 사줄 수 있으면 얼마나 좋을까.

그러다가 자리에서 벌떡 일어났다. 그리고 장롱 깊숙이 넣어둔 상자를 꺼냈다.

그 안에는 조영이 추억이 고스란히 보관되어 있었다. 또박또박 쓴 일기장, 그림을 그린 스케치북, 쓰고 다녔던 모자 등. 나중에 조영이가 장가가면 선물로 주겠다며 아내가 이것저것 모아둔 것이었다.

나는 그 안에서 곰 인형 하나를 찾아냈다. 그 인형은 아내가 조영이에게 크리스마스 선물로 사준 것이었다. 조영이는 아내와 헤어진 뒤 밤마다 그 인형을 껴안고 잠을 잤다.

"곰 인형이 엄마 같아."

그 소리를 들은 뒤에 나는 그 인형을 치워버렸다. 조영이가 하루라도 빨리 엄마를 잊게 하려면 그 수밖에 없었다.

"인형 어디 갔어?"

"인형 찾아줘."

인형이 없어지자 조영이는 며칠 동안 잠도 안 자고 울었다. 그렇지만 나는 모질게 마음먹고 그 인형을 끝내 내놓지 않았다. 그게 조영이를 위하는 일이라고 여겼다.

곰 인형은 세월이 지났는데도 푹신푹신한 털이 여전히 부드러웠다.

나는 곰 인형을 곱게 빗질했다. 그리고 편지 한

장을 써서 곰의 옷 주머니에 넣었다.

엄마가 사준 인형 맞지? 내가 잘 보관했다가 이제 돌려준다. 생일선물로 말이다. 네게 가장 반가운 선물이 될 거라고 믿는다. –아빠가

나는 곰 인형을 들고 살그머니 조영이 방으로 들어갔다. 조영이는 고른 숨소리를 내며 자고 있었다.

"생일 축하한다, 아들아."

나는 조영이 이마에 가볍게 입맞춤을 해주었다. 마치 그 애가 보고 있기라도 하는 것처럼 손도 한번 흔들어주고 방을 나왔다. 그리고 내 방으로 들어오면서 혼잣말로 중얼거렸다.

"아내한테 전화 한번 해야겠구나."

나도 모르게 나온 말이었다. 그렇게 중얼거렸을 뿐인데 아내가 너무 보고 싶었다.

물론 지금은 때가 아니었다. 주머니에 천 원짜리 달랑 한 장 들어 있는 처지에 헤어진 아내에게 전화해서 무슨 말을 하겠는가.

하지만 나는 나를 믿었다. 내 아들 조영이가 방황을 끝냈듯, 나도 이제부터 다시 꿋꿋하게 일어서리라는 것을.

그날이 오면, 아내에게 전화를 걸 것이다. 그리고 연애할 때처럼 씩씩하게 말할 것이다.

"우리 아들이 얼마나 잘 컸는지 보여주고 싶어. 하지만 사실은 내가 더 당신을 보고 싶어. 사랑해……."

행복한 사람은 아주 단순하게 행복하지만, 불행한 사람은 아주 복잡하게 불행합니다. 혹시 내 삶이 불행하다고 여긴다면 그 불행한 이유를 열 가지쯤 써보세요. 그리고 과연 한 가지도 행복한 것이 없는가, 생각해보세요. 그러면 그 행복을 느낄 줄 아는 내가 얼마나 고맙고 위대한가를 깨닫게 됩니다.

열세 번째 이야기

맏형과 동생들

"집에 돌아가서 뜯어봐라.
내가 너희들한테 줄 수 있는 마지막 선물이다."
맏형은 궤짝 속에 고이고이 간직했던 물건을 두 동생에게 주었다.
집으로 돌아온 두 동생은 깜짝 놀랐다.
맏형이 준 봉투 속에는 전혀 생각지도 못한 소중한 것들이 들어 있었기 때문이다.
성적표, 공책, 일기장, 반장 임명장, 졸업장…….
동생들의 초등학교 1학년부터 다 자란 후까지
모든 기록들이 남김없이 들어 있었다.

어떤 집에 삼남매가 살고 있었다. 일본이 우리나라를 지배하던 시절이었다.

아버지는 일본을 도와주는 일을 하고 있었는데, 큰아들은 그런 아버지가 너무 원망스러웠다. 나라를 위해 싸우는 애국자들을 볼 때마다 혼자서 슬퍼하고는 했다.

세월이 흘렀고, 해방이 되던 해, 아버지는 세상을 떠났다.

아버지가 돌아가시자마자 맏형은 아버지가 애지중지 아끼던 궤짝부터 열었다. 그 안에는 일본에서 받은 표창장과 임명장이 수북했다.

"부끄러운 기억을 놔둘 수는 없다."

맏형은 어린 두 동생 앞에서 그것을 모조리 불살랐다.

맏형은 아버지가 나라에 진 빚을 자기가 대신 갚아야 한다고 생각했고, 동생들한테는 그 동안 아버지가 못 해준 몫을 다하고 싶었다.

맏형은 경찰이 되었다. 그 뒤 전쟁이 터졌고, 망설이지 않고 자원입대를 했다.

"도대체 왜 죽으러 가는 거야?"

어머니와 두 동생이 눈물을 흘리며 말렸다.

맏형은 고집을 꺾지 않았다.

그러다 피난처에서 기적처럼 가족들을 만났지만 맏형은 눈물조차 보이지 않았다.

"어머니를 잘 부탁한다."

동생들한테 그 말만 했을 뿐이었다. 아버지가 살아 있을 때는 부끄러운 돈으로 풍족하게 살았지만 그것은 결코 떳떳한 것이 아니라는 것을 동생들한테 보여주고 싶었던 것이다.

휴전이 되었다. 맏형은 부상을 당하고 집으로 돌아왔다. 옆구리에 총알이 박혔는데 수술로도 도저히 빼낼 수가 없었다.

맏형은 고향을 지키며 동생들에게 항상 시원한 나무 그늘이 되어주었다. 동생들은 맏형 그늘 밑에서 훌륭하게 성장했다.

다시 세월이 흘렀다. 어느 날 맏형은 병원에서 몸이 아주 안 좋다는 통보를 받았다.

"어쩌면 올해를 넘길 수 없을지도 모릅니다."

의사는 그렇게 말했다.

맏형의 몸이 하루가 다르게 나빠졌다. 나중에는 거동도 불편할 정도가 되었다.

"이제 살 날이 얼마 남지 않았구나."

두 동생이 찾아오자 맏형은 동생들 앞에서 궤짝을 열었다.

아버지가 그랬듯이 맏형도 그 궤짝을 소중하게 여기며 살았다. 그러나 그 안에 들어 있는 것은 아버지가 넣어둔 것과는 전혀 달랐다.

"집에 돌아가서 뜯어봐라. 내가 너희들한테 줄 수 있는 마지막 선물이다."

맏형은 궤짝 속에 고이고이 간직했던 물건을 두 동생에게 주었다.

집으로 돌아온 두 동생은 깜짝 놀랐다. 맏형이 준 봉투 속에는 전혀 생각지도 못한 소중한 것들이 들어 있었기 때문이다.

성적표, 공책, 일기장, 반장 임명장, 졸업장…….

동생들의 초등학교 1학년부터 다 자란 후까지 모든 기록들이 남김없이 들어 있었다.

동생들은 눈물을 닦았다.

그 안에 맏형의 편지는 들어 있지 않았다. 그러나 두 동생은 맏형이 마음으로 들려주는 소리를 다 알아들을 수 있었다.

이 형은 너희들한테 세상에서 가장 소중한 것을 보물로 남기고 싶었다. 그것이 무엇인지 정말 모르겠어서 너희가 가져온 것들만 차곡차곡 모았을 뿐이다. 뭔가 차곡차곡 모았다가 눈을 감기 전에 너희에게 선물로 남기고 싶었단다.

맏형은 누렇게 바랜 기록장 속에서 두 동생에게 그렇게 말하고 있었다.

삶은 파랑새입니다. 힘든 이곳이 아닌 그 어딘가에 행복이 있을 거라고 여기지만, 파랑새가 바로 내 마음속에 있듯이, 행복도 마음속에 있습니다. 가족과 한 울타리에서 살을 맞대고 살며 어려움을 함께 나누고, 기쁨도 함께 나누는 것. 그것이 가장 큰 파랑새입니다. 가족을 지키지 않는 사람에게 파랑새는 결코 날아들지 않습니다.

가족으로 산다는 것
2007년 1월 17일 1판 1쇄 발행
글 • 김종윤
펴낸이 • 김종윤
펴낸곳 • 자유지성사 | 주소 • 서울특별시 종로구 관훈동 198-16 남도빌딩 201호(110-130)
전화 • (02)732-3472(대) | 팩스 • (02)732-3474
출판등록 • 제2-1173호(등록일자 1991년 5월 18일)
홈페이지 • http://www.fibook.co.kr E-mail : fibook@kornet.net